외과의사

리턴즈

외과의사 리턴즈

멸종위기종 닥터, 외과의사 리즈 시대를 꿈꾸다

초판 1쇄 2025년 12월 23일 발행

지은이 장항석
펴낸이 김성실
책임편집 김성은
표지 디자인 형태와내용사이
제작 한영문화사

펴낸곳 시대의창   **등록** 제10 - 1756호(1999. 5. 11)
주소 03985 서울시 마포구 연희로 19 - 1
전화 02)335 - 6121   **팩스** 02)325 - 5607
전자우편 sidaebooks@hanmail.net
페이스북 www.facebook.com/sidaebooks
트위터 @sidaebooks

ISBN 978 - 89 - 5940 - 878 - 8 (03810)

멸종위기종 닥터,
외과의사 리즈 시대를
꿈꾸다

외과의사
리턴즈

장항석 지음

SURGEON RETURNS

시대의창

외과의사로 50여 년을 살아오며 고뇌와 고통 등 힘든 순간이 없었던 것은 아니다. 하지만 영광스러운 기억, 잊지 못할 감동, 그리고 즐거움은 그 모든 시련을 충분히 덮고도 남았다. 그중에서도 가장 큰 기쁨은 후학을 양성하고 그들이 성장해 나가는 모습을 지켜보는 일이었다.

이 책의 저자인 장항석 교수는 내가 길러 낸 제자들 중에서도 특히 남다른 면모를 지닌 '특이한' 인물이다. 대부분의 제자들이 수술과 진료, 논문 연구에 몰두하느라 다른 곳을 바라볼 여유가 없었으나, 장 교수는 항상 새로운 방향을 모색하며 도전을 멈추지 않았다. 그래서 내가 "너는 공부는 언제 하느냐?"라고 자주 묻곤 했지만, 그의 수술 실력은 세계 톱클래스이며, 발표한 논문 역시 가장 많을 정도로 단연 돋보였다. 뿐만 아니라 수준 높은 IF(Impact Factor)를 자랑하며 누구도 부정할 수 없는 뛰어난 외과의사로 자리매김했다.

또한 그는 다양한 분야의 과학 기술을 의학에 접목하려 노력했고, 그 결과 남들이 상상조차 하지 못했던 획기적인 성과를 다수 이루어 낸, 말 그대로 '특이하다'는 표현이 잘 어울리는 의사다.

이 책은 장 교수의 일곱 번째 저서라고 한다. 여러 권의 의학 교과서와 학술 전문 서적에 공동 저자로 참여한 것을 제외하고, 의학이 아닌 분야에서 출간한 책만 이렇다는 것이다. 대학 교수이자 바쁜 외과의사가 의학 외의 분야에서 이처럼 여러 권의 책을 꾸준히 펴낸다는 것은 매우 드문 일이다.

항상 깊이 고민하고 새로운 길을 모색하는 그가 이번에는 또 새로운 이야기를 들고 왔다. 앞으로 그가 보여줄 내일의 모습을 기대하는 스승이자 한 명의 '독자'로서, 이 책을 기꺼이 추천하는 바이다.

_연세대학교 의과대학 명예 교수 박정수

외과는 언제 돌아올 것인가?

외과는 참으로 힘든 분야다. 의학의 다른 어떤 분야 가운데서도 '3D(Dirty, Difficult, Dangerous)'라는 수식어가 가장 잘 어울린다. 그래서인지 외과를 전공하여 평생의 업으로 삼으려는 사람들이 (해마다) 점점 더 줄어들고 있다.

하지만 외과의 상황이 언제나 이처럼 힘들고 고통스러웠던 것만은 아니다. 물론 예나 지금이나 수련 과정이나 외과의사로서의 삶의 방식이 크게 달라진 것은 없다. 내가 외과의사가 되고자 전공의에 지원하던 당시만 해도 경쟁률은 늘 3 대 1 정도를 유지했다. 치열하고 고된 수련 과정을 거치는 동안 3분의 1에 달하는 동료들이 중도에 탈락했지만, 끝까지 살아남아 외과 전문의가 된다는 사실 자체를 영광으로 여겼다.

그러다 어느 순간, 갑자기 외과를 희망하는 지원자가 급격히 줄

었고, 인기 순위로는 거의 가장 밑바닥을 맴도는 신세가 되고 말았다. 다른 과들은 인기가 떨어졌다가도 다시 올라오는 부침을 몇 차례 겪었지만, 외과만큼은 한 번 떨어진 순위 언저리에서 도무지 회복될 기미를 보이지 않고 있다.

그렇다면 도대체 왜 이런 일이 벌어진 것일까? 과거에 외과를 선택했던 사람들이 요즘 의과대학생들보다 머리가 나빴거나 앞날을 내다보는 안목이 부족해서 그렇게 몰려들었던 것일까? 아니면 그 시절 의대에 다니던 학생들은 다들 넉넉한 집안 출신이라 경제적 문제에 초연했기 때문일까? 그것도 아니라면, 단순히 불타는 사명감을 지닌 '순수한' 사람들이 지금보다 더 많았던 것일까? 아마도 그건 아닐 것이다.

이 문제에 대한 고민은 현장에서 일하는 외과의사들뿐만 아니라, 의료 정책을 결정하는 의학계의 '지도자'급 인사들 사이에서도 오랫동안 이어져 왔다. 그러나 문제의 근원이 외과 자체의 높은 노동 강도와 전문의가 된 이후에도 경제적 전망이 밝지 않다는 것을 모르지 않으면서도, 그들은 이를 외면하는 듯한 '이상한' 정책 방향을 일관되게 고수해 왔다.

하지만 약 10년 전에, 대한외과학회는 처음으로 이 문제의 심각성을 공식적으로 인정하고, 나름 회심의 대책을 내놓았다.

그들, '지도자들'의 판단에 따르면, 외과의 인기가 떨어진 이유는 수련 과정이 지나치게 힘들기 때문이었고, 따라서 외과 수련 기간을 4년에서 3년으로 단축하면 해결될 것이라 보고 이런 기막히고 획기적인 정책을 발표한 것이다. 이에 대해 무수한 반대가 제기되었으나, 모든 난관을 '뚝심'으로 돌파하여 결국 현재 한국에서 외과의사가 되고자 하는 사람은 3년만 수련하면 외과 전문의 자격을 얻을 수 있게 되었다. 미국의 경우 외과 수련 기간이 5년으로 오히려 증가하는 추세임을 감안하면 이는 참으로 파격적이며 '은혜로운' 조치가 아닐 수 없다!

그러나 외과는 본질적으로 어렵다. 필수적으로 익혀야 할 술기와 경험의 양이 워낙 방대하기 때문에, 단지 '수련 환경 개선'이라는 그럴듯한 명분 아래 고작 3년이라는 짧은 기간만으로는 제대로 된 전문의를 양성할 수 없다. 아주 기본적인 술기에서부터 고난도의 수술에 이르기까지, 그 모든 경험을 단 3년 만에 습득할 수 있는 '천재'들만이 외과를 하는 것은 아니다. 〈해리 포터〉에 등장하는 천재 학생 헤르미온느조차, 뛰어난 학습을 성취하기 위해 시간을 되돌리는 '마법의 시계'의 힘을 빌려야 하지 않았던가? 모름지기 공부란 단계를 뛰어넘을 수 없는 법이며, 결국 제대로 된 성장을 위해서는 기초적인 조건을 충족할 만한 시간이 반드시 필요하다고 나는 굳게 믿는다.

나는 개인적으로 외과를 선택하는 사람들이 오로지 몸이 편하고 쉬운 일을 찾는 사람들이라고는 생각하지 않는다. 우리가 젊은 시절 그랬던 것처럼, 어려운 수련 과정을 거쳐 스스로를 단련하며 '제대로 된' 의사가 되고자 하는 이들이 외과를 지원한다고 믿는다.

그런데도, 목표를 가진 순수한 젊은이들의 의지를 함부로 폄하하고, 젊은 세대가 무조건 편한 것만 선호할 것이라 단정짓는 선배들의 태도는 어떤 말로도 변호할 수 없다. (참으로 한심하기 짝이 없는 일이다.)

그렇다면, 이 힘든 길을 가고자 하는 사람들에게 진정으로 필요한 것은 무엇일까?

사실, 오랜 세월 이 길을 걸어오면서도 아직 명확한 답을 찾지 못했다. 다만, 외과가 어떤 의미를 지니며, 그 생활이 얼마나 흥미롭고, 외과를 하면서 어떤 생각을 하게 되는지, 또 얼마나 멋진 삶을 살아갈 수 있는지를 알려 줄 수 있다면 좋겠다는 생각을 했다.

수년 전, 외과의사가 되려는 동생에게 전하고자 쓴 글들을 모아 《외과의사 비긴즈》라는 책을 출간했다. 그 후 잠시 멈췄던 이야기를 이제 다시 이어가고자 한다.

글이란 자신이 알고 경험한 범위를 벗어나기 어렵다. 따라서 이 이야기 또한 내가 외과의사로 살아오며 겪었던 감동과 인상 깊은 경험들로 채워질 것이다.

이러한 개인적인 경험이 얼마나 큰 영향력을 가질지는 알 수 없다. 하지만 적어도 누군가의 마음에 작은 관심을 불러일으키고, 궁극적으로는 외과의사들이 희망을 가지고 다시 돌아오는 날을 준비하는 작은 불씨가 될 수 있다면, 그것만으로도 큰 영광일 것이다. 나아가 지금 한국 외과가 걸어가고 있는 길을 잠시 멈춰 되돌아보는 계기가 된다면, 이 작은 노력이 결코 헛된 것만은 아닐 것이라고 간절히 믿고 싶다.

　그런 마음으로, 그리고 외과의사들이 다시 돌아오는 그날을 고대하며 《외과의사 리턴즈》를 내놓는다.

2025년 12월

장항석

차례

SURGEON

R E T U R N S

그날은 다시 돌아온다

외과의 역사는 매우 흥미롭다. 외과의 처음 시작도 그렇지만, 과거부터 오늘날에 이르기까지 발전에 기여한 뛰어난 여러 학자의 노력과 발전 의지는 놀라움을 넘어 존경심까지 불러일으킨다.

외과학의 발전뿐만 아니라 의학의 다양한 분야에서 탁월한 업적을 남긴 윌리엄 할스테드(William Halsted)는 의학 발전에 한 획을 그은 사람으로 늘 기억된다.

물론, 그가 발명한 수술용 장갑과 정교한 수술(Meticulous Surgery) 방식의 원칙을 확립한 업적은 누구라도 인정한다. 하지만 무엇보다 중요한 것은 그가 의학 교육 발전에 남긴 위대한 공적이다. 특히 외과 수련 과정의 원칙을 세웠으며, 이 개념은 오늘날까지도

Rozycki-Feliciano Lecture

Everything Old is New Again: Applying the Lessons from Halsted's Life and Work to Today's Surgical Landscape

The American Surgeon
2022, Vol. 88(7) 1405–1410
© The Author(s) 2022
Article reuse guidelines:
sagepub.com/journals-permissions
DOI: 10.1177/00031348221080441
journals.sagepub.com/home/asu
$SAGE

Bryan K Richmond, MD, MBA, FACS[1]

Halsted의 생애를 다룬 논문

이어지고 있다. 그의 수련 정책은 1889년, 존스 홉킨스 병원(Johns Hopkins Hospital)의 설립과 동시에 수립되었다. 이는 병원 시스템이 학생 교육보다는 의사 교육(Graduate Medical Education)에 목적을 두었기 때문이다.

할스테드(Halsted)는 독일의 수련 제도를 모방한 정책을 만들었다. 하지만 그의 방식은 독일과는 확연히 달랐다. 도제 제도의 형식은 같았지만, 오로지 교수만을 빛나게 하기 위해 '조수'라는 존재를, 개별적인 피교육자로서 그 가치를 인정한 것이다. (지금도 독일이나 독일의 형식을 따르는 일본에서는 여전히 '조수'라는 개념이 존재한다.)

할스테드의 교육 목적은 단순히 뛰어난 외과의사를 길러내는 것뿐만 아니라, 학자이자 교육자로서의 롤 모델이 될 만한 사람을 길러내는 데 있었다. 그의 교육은 매우 엄격했고, 요즘 사람들의 시각으로 보면 몸서리칠 정도로 혹독했다.

그가 선발하는 사람들은 하루 24시간, 주 7일, 1년 365일(연중무휴) 늘 한결같이 병원에서 근무해야 했다. 게다가 수련 기간이 따

> Although Halsted's work led to advances in nearly all areas of surgery, it was his development of the Halsted residency program that is perhaps his most enduring legacy. Regarding surgical training, Halsted wrote:
>
> > "We need a system, and we shall surely have it, which will produce not only surgeons, but surgeons of the highest type, men who will stimulate the first youths of our country to study surgery and to devote their energy and their lives to raising the study of surgical science"[1]
>
> Halsted's model was unique for several reasons. First, his goal was to develop not only outstanding surgeons, but role models, academicians, and educators. He allowed men only to train, who were unmarried and available 24 hours a day, seven days a week, and 365 days a year. It was as if they lived at the hospital, and continuity of care was the primary emphasis. The structure was pyramidal, in that numerous assistant residents were eliminated at each level of training leaving only the Halsted resident at the conclusion of training. There was no specific length of the residency program, rather the duration was determined by the time required to attain the necessary skills. Most importantly, and in contrast to the German model, the focus of the program was on the education of the resident not the glorification of the professor himself. At least 11 of Halsted's graduates went on to develop residency programs of their own. In doing this, the framework for modern surgical training was established.[3]

Halsted의 생애를 다룬 논문

로 정해져 있지 않았다는 것이 결정적이었다.

수련을 마칠 수준, 즉 독립적으로 외과의사가 될 만큼의 실력이 갖추어졌다는 판단 역시 할스테드의 몫이었다. 그리고 이 결정은 절대적이어서 어느 누구도 이의를 제기하지 못했다.

이런 내용의 이야기를 듣다 보면 마치 옛날 무협 영화의 단골 장면인 '하산(下山)'이라는 단어가 자연스럽게 떠오를 것이다.

"이제 하산하도록 하라"라는 스승님의 명령이 있기까지는 물 긷고 밥 짓고 청소하며 산속에서 살아야 하는 것과 마찬가지였다. 또한 그의 수련 제도는 피라미드 방식이어서, 수많은 1년차가 출발해도 끝까지 살아남아 수련을 마치는 사람은 극소수에 불과했다. 결국 한 사람의 외과의사가 탄생하기란 결코 쉽지 않았다는 이야기다.

이 논문을 읽으면서 문득 떠오른 것은, 나의 부친 장임수 박사께서 스승이신 장기려 박사님 밑에서 수련하며 겪었던 생활과 애환이었다.

당시 어린아이였던 나는 아버지께서 언제 어떻게 집에 오시는지 잘 알지 못했다. 나중에 들은 바에 의하면, 몇 달에 한 번 "자네 오늘은 집에 다녀와" 하시면서 차비를 쥐여 주는 것이 유일한 급료이자, 그 하루 저녁이 유일한 휴일(off)이었다고 한다. 그러니 옛날 외과의사들은 우리가 겪은 것보다 훨씬 더 고난의 세월을 견디고 나서야 겨우 '하산'이라는 것을 할 수 있었던 것이다.

현재 미국의 외과 레지던트 과정은 5년이다. 과거 4년 과정에서 1년이 더 늘어났는데, 그 이유는 당연하게도 '배울 것이 너무 많기 때문'이다. 또한 주 80시간 근무 제도가 정착되면서, 수련 기간이 지금보다 더 연장되어야 한다는 필연적인 요구가 있었기 때문이기도 하다. 이러한 세계적 추세와 달리, 우리나라에서는 외과의 수련 기간이 오히려 3년 과정으로 줄어들었다.

무슨 이유일까? 한국 학생들의 머리가 너무 좋아서 미국 학생들보다 습득이 빠른 것일까? 혹은 한국의 외과는 배울 것이 상대적으로 적기 때문일까?

어처구니없게도 이런 기이한 현상의 이유는 '외과는 인기가 없어서'라고 한다. 당시 외과학회의 회장과 이사장이었던 이들이 수련 기간을 줄이면 지원자가 몰릴 것이라는 지극히 '순진무구한' 생각을 가지고 이런 결정을 했다는 것이다. 당시 많은 사람이 펄펄 뛰며 반대했다. (당연히 나도 그중 한 사람이다.) 그런데 공교롭게도 그다음 해에 외과 지원자가 증가하는 현상이 나타나자, 이 정책의 입안자들은 마치 대단한 개혁이라도 이룬 것처럼 득의양양(得意揚揚)하며 기세등등하게 목소리를 높였다.

그러나 그들의 순진함은 곧 밑천을 드러내고 말았는데, 2~3년도 지나지 않아 서울의 이름난 몇몇 병원을 제외하고는 외과 전공의 씨가 다 말라버렸다. 결국 부실한 외과 교육 과정으로 인해, 제자들을 키워서 내보내는 우리 교수들도 불안하고, 하산 시기가 아니라는 것을 스스로도 잘 아는 전공의들 역시 울며 겨자 먹기로 펠로우 수련을 더 하거나, 아니면 십 년 공부 도로 아미타불이라고 그간의 수학(修學)을 다 접고 외과의사가 아닌 다른 길을 선택하는 등 그들의 삶은 전혀 다른 방향으로 흘러가게 되었다.

이들은 외과 수련을 마친 전문의임에도, 일반의(비전문의)로 개원하여 성형도 하고, 피부과도 하고, 가정의, 또는 입원전담의

(Hospitalist) 등 각자의 길을 가게 되었다.

이러한 현상과 이럴 수밖에 없는 그들에 대해 나는 개인적으로 매우 안타깝게 생각하며, 그들이 혹독한 수련에 쏟은 열정과 시간이 아깝다고 느낀다. 더 나아가 전체 의료계나 국가 차원에서도 이런 결과는 큰 낭비라 할 수 있다.

외과를 선택한 이들은 세간에서 떠들어대는 것처럼 낙수 효과(落水效果)의 마지막 단계로 오는 사람들이 아니다. 적어도 그들은 진정으로 사람을 살리겠다고, 그런 학문을 배우겠다고 오는 것이다. 그런데 이렇게 높은 긍지와 사명감으로 무장했던 젊은이들을 그렇게 만들어 버리다니. 너무나 한심하고 처참한 현실이다.

그렇다면⋯ 겨우 '낙수 의사'에 불과한 전공이 되어버린 우리는 과연 어떻게 될까? 그렇지 않아도 가뜩이나 지치고 힘든데, 이러한 외과를 하겠다고 올 사람이 얼마나 될지, 그들이 과연 남아날 수 있을지에 대한 질문은 매우 현실적이고 심각하다.

정책을 정하는 것은 신중을 기해야 한다. 한번 잘못 들어선 길을 되돌아 나오려면 몇 배나 더 힘든 과정이 필요한 법이니까. 현재 우리 외과가 겪고 있는 일련의 과정은 매우 복잡하고 구조적인 문제들이 얽혀 있어 어디서부터 고쳐야 할지 난감할 따름이다.

이런 혼란을 자초한 사람들은 이제 세월이 흘러 대부분 은퇴했거나, 다른 일을 하느라 죄다 외과를 떠났다. 그런 상황이다 보니 그들에게 책임을 묻기도 어렵다.

그렇지 않아도 혼란스러운 지금, 외과의 앞날을 생각하면 불투명하고 암울해서 잠을 이루지 못할 지경이다. 이런 어려운 현실 속에서 언젠가 혜안을 가진 윌리엄 할스테드나 장기려 박사님 같은 엄한 스승이 필요한 날이 올지도 모르겠다.

결국 제대로 한몫을 할 수 있는 '인간'을 만들어 하산을 시켜야 할 테니까. 그게 바로 우리가 지켜야 할 외과의 마지막 남은 자존심이니까.

Epilogue

최근(2025년 하반기) 대한외과학회에서는 전공의 수련 기간을 다시 4년으로 되돌리는 논의를 시작했다고 한다. 이제라도 잘못된 결정에 대해 반성하고 그것을 바로잡기 위한 노력을 시작했다는 것이다. 얼마나 다행인지 모르겠다.

스승님

세브란스 내분비외과 분야에는 색다른 전통이 하나 있다. 처음에는 나도 잘 몰랐지만, 현 센터장인 이 모 교수가 일러주어 알게 된 사실이다.

우리는 박정수 교수님을 칭할 때 평소에는 '교수님', '선생님'이라고 부르지만, 외부에서 강의하거나 공식 행사장에서는 늘 '스승님'이라고 존칭한다. 아마도 이 전통은 별다른 생각 없이 내가 먼저 시작했을 테고, 뒤이어 다른 사람들도 자연스레 따르게 된 것으로 보인다.

요즘 세상에 이런 '고리타분'한 호칭이 다 뭐냐고 이상하게 여기거나 조선 시대보다 훨씬 이전의 옛날 사람을 보듯이 신기하게 생각할 수도 있겠지만, 우리는 단 한 번도 그렇게 여기지 않고 자연스럽게 '스승님'이라고 부른다.

그렇다고 우리가 '효심'이 지극하거나, 명문가에서 태어나 '가정 교육'을 잘 받으며 성장해서 그런 것은 아니다. 단지 그만큼의 존경과 감사의 뜻을 담아 예의를 표하는 것이다.

학회 발표나 강의를 할 때, 내가 만든 슬라이드의 첫 페이지는 제목, 두 번째 페이지는 스승님의 사진인데, 다른 학교 사람들이 왜 그런지 그 이유가 궁금하다며 내게 자주 질문을 하곤 했다.

어떤 강의를 하거나 이야기를 할 때는 늘 시작이 있어야 흐름이 생기는 법이다. 내가 강의를 시작할 때, 나 자신이 몸담고 있는 기관을 소개하고, 한국의 높은 수준의 의학에 대해 설명하는데 어

박정수 교수님

찌 우리를 이끌어주신 스승님이 빠질 수 있겠는가? 그렇기 때문에 내가 만든 자료에서 스승님의 슬라이드 등장은 지극히 당연한 일이다.

이쯤에서 생각난 김에 '스승'이라는 말은 '언제, 어떻게' 시작되었을까 내 나름대로 조사를 해 보았다. 여러 문헌을 살펴본 결과, 일단 이 단어는 한자인 스승 사(師)자와 스님 승(僧)자가 합쳐진 사승(師僧)에서 유래되었다는 설이 유력하다. 중국식 발음으로 師는 '스'가 되는 까닭에 변천 과정을 거쳐 '스승'이라는 단어가 만들어졌다고 한다. 결국 법(法, 불교의 교리)을 가르치는 승려를 뜻하던 말에서 유래된 것이니, 무엇인가를 가르치는 직업을 일컫는 표현이다.

또 다른 설은 무당을 나타내는 무(巫)에서 기원했다는 주장이 있다. 스승 巫에서 기원했기 때문에 이 글자의 원래 뜻인 여자 무당을 의미한다는 것이다. 내용을 종합해 보면, 스승이란 말의 뜻은 "누군가를 가르치는 귀신 같은 재주를 가진 사람"이라고 나는 해석해 보았다.

이 해석은 우리의 스승님과 너무 잘 어울리는 말이다. 특히 재주를 묘사하는 부분은 더욱 그렇다. 이 조사를 하다가 한 가지 알게 된 내용을 밝혀 본다.

조선 시대 때 율곡 이이가 왕명으로 학교와 사회생활에 규칙을 정하여 쓴 〈학교모범(學校模範)〉에는 스승을 대하는 자세에 관한 가르침의 내용이 포함되어 있다.

"배우는 사람이 마음을 다해 도를 지향한다면 스승을 섬기는 도리를 최우선으로 높여야 한다. 임금과 스승과 아버지는 섬기는 마음을 같게 여겼으니(군사부일체), 어찌 정성을 다하지 않겠는가. 스승과 함께 살면 아침저녁으로 문안을 드리고, 별거하게 될 때는 공부 배울 때에 문안한다. 특히 초하루와 보름의 제회에서는 두 번 절하는 예로 공경심을 표해야 한다. 평상시에는 존경하는 마음으로 스승을 받들고, 가르침을 깊이 신뢰하여 마음에 새겨 잊지 않도록 노력해야 한다. 만일 스승의 말씀과 행동에 의심되는 점이 있다면 조용히 질문하여 그 말씀의 옳고 그름을 명확히 분별할 것이요, 자기의 섣부른 생각으로 스승을 비난하지 말아야 한다. 반대로 올바른 도리를 생각하지 않고 스승의 말만 맹목적으로 믿고 따르는 것도 옳지 않다. 마지막으로, 스승에 대한 봉양은 제자의 형편에 따라 성의를 극진히 다하여 편안하게 모시는 것이 제자의 당연한 직분이다."

이는 배움에 대한 마음가짐과 스승에 대한 존경과 예절, 의심이 있을 때의 분별력, 그리고 봉양의 중요성을 상세히 다루고 있다.

요약하면, 〈학교모범(學校模範)〉은 다음과 같은 16가지 항목으로 구성되어 있다. ① 뜻을 세움[立志(입지)], ② 몸가짐[檢身(검신)], ③ 글읽기[讀書(독서)], ④ 말을 삼가는 것[愼言(신언)], ⑤ 마음 속에 간직하여 잊지 말아야 할 것[存心(존심)], ⑥ 어버이를 섬김[事親(사친)],

⑦ 스승을 섬김[事師(사사)], ⑧ 벗을 택함[擇友(택우)], ⑨ 가정생활[居家(거가)], ⑩ 사람을 접함[接人(접인)], ⑪ 과거에 응하는 것[應擧(응과)], ⑫ 의를 지킴[守義(수의)], ⑬ 충직함을 숭상함[尚忠(상충)], ⑭ 공경을 돈독히 함[篤敬(독경)], ⑮ 학교생활[居學(거학)], ⑯ 글 읽는 방법[讀法(독법)]이 그 내용이다.

이 자료를 조사하면서 출처가 불분명한 글이 있었는데, 〈학교모범〉의 내용에는 나오지 않으나, 인터넷에서는 원본 내용보다는 귀에 쏙쏙 들어올 정도로 이해가 쉬워 더 인기가 있어 소개한다. (흥미와 이해를 위해) 인용하자면,

"스승을 처다볼 때는 목 위에서 봐서는 안 되며, 스승 앞에서는 개를 꾸짖어도 안 되고, 웃는 일이 있더라도 이빨을 드러내지 말 것이며, 스승과 겸상할 때는 7푼 정도만 먹고 배부르게 먹지 말아야 한다."

또한 성균관 학칙에도 비슷하게 (출처가 정확하지 않은) 교훈적인 내용이 있음을 알게 되었다.

"길에서 스승을 만나거든 두 손을 머리 위에 쳐들고 길 왼쪽에 서 있어야 하고, 말을 타고 가다 만나거든 몸을 엎드려 얼굴을 가려야 한다."

그렇다. '교권'이라는 것이 여전히 살아 있는지는 잘 모르겠다. 그래서 세상에 이런 예의라는 것이 가능하기나 할까 싶다만, 최소한 기본적인 존경과 감사의 마음은 가지고 있으면 좋겠다는 생각

이다. 다소 생소하고 지키기 어렵지만 적어도 근본은 알아야 하지 않을까?

Epilogue

의과대학을 들어오는 학생들은 대체로 '아주' 뛰어나고, 단 한 번도 야단을 들어본 적이 없었을 가능성이 높다. 그런 까닭에 처음에는 시건방지기가 비교할 바 없을 정도다.

하지만 의대에서 조금만 지내다 보면 금세 반듯해지고 예의도 잘 갖추어지는 것이 눈에 띌 정도다. 그렇게 보면 의과대학은 '인간을 제대로 길러내기'에 가장 적합한 교육기관이 아닐까? 더구나 외과에 들어오면, 이러한 예의범절은 최고 수준에 이르게 됨을 보장할 수 있다.

결론적으로 외과는 참으로 바람직한 과가 아닐 수 없다.

Doctor의 의미는 동네마다 다르다

우리 연세대학교에서는 오래전부터 상대를 부를 때 성 앞에 '닥터 (doctor)'를 붙이면 상대방을 비하하거나, 좀 심하게 말하면 욕설에 가깝거나, 욕설의 시작을 알리는 신호 정도로 인식한다. 예를 들어 누군가 나에게 "어이, 닥터 장!"이라고 부르면 이 말인즉슨, "야 이 (멍청한, 쓸모 없는, 혹은 형편 없는) XX야!"라는 말과 동급으로 받아들인다. 그렇기 때문에 동기나 후배는 물론, 특히 선배에게는 절대 해서는 안 되는 금기어로 간주된다.

이제야 비로소 밝힐 수 있는 에피소드가 있는데 내가 본과 4학년으로 외과 실습을 돌고 있을 때의 일이다. 미국에서 돌아온 지 얼마 되지 않은 한 교수님이 병동 복도에서 지나가는 선배 교수님을 발견하고는 "저기, Dr. Min 말이오!"하고 불렀다. 그 말을 들은 선배 교수님(이름은 밝힐 수 없음)은 가던 걸음을 딱 멈추고 마치 군대의 장교처럼 절도 있게 (미국에서 갓 돌아와 상황을 파악하지 못했거나, 아직 미국물이 덜 빠진 듯한) 그를 향해 다가가더니 한마디도 하지 않고, 표정 하나 변하지 않은 채 갑자기 몸을 획 돌려 그의 '싸대기'를 풀 스윙으로 갈기고는 아무 일도 없었다는 듯 뒤도 돌아보지 않고 가버리셨다.

지금 생각하면 모골이 송연해지는 이 장면은 구전 설화처럼 두고두고 전해지며 세브란스 역사에 길이 남았고, 그런 이유로 우리는 'Doctor'라는 호칭을 누군가를 하대할 때나 부르는 단어로 여기게 되었다.

그렇다면 뭐라고 불러야 하는가? 우리는 공경의 의미를 담은 '선생님'이라는 표현을 선호한다. 다시 말해 "장 선생님!"이라고 부르는 것이 "Dr. 장"으로 부르는 것보다 100배는 더 경칭이라고 느낀다.

하지만 내가 미국에서 경험한 내용은 사뭇 달랐다. 처음 뉴욕의 Memorial Sloan-Kettering Cancer Center(MSKCC)에 교환 교수로 갔을 때, 그곳의 분위기는 우리 학교와 매우 달랐다. 토종 한국인인 내가 보기에는 위아래 구분이 지나치게 없었고, 심지어 과 내에서도 (못 배워먹은' 자들처럼) 서로를 별명으로 부르는 모습이 당시로서는 도무지 납득이 가지 않았다.

그들은 나에게 "당신은 무엇으로 불리고 싶은가요?"라고 물었는데, 솔직히 나는 그들한테 어떤 별명으로도 불리고 싶지 않았다.

그래도 겸양의 미덕으로 우리 대학의 '문화'대로, "Just call me by my name. If it is difficult, 'Dr. Chang' will be OK."라고 대답했다. 순간 그들의 표정이 달라지는 것을 감지했지만, 분위기 파악을 하지 못한 나는 그들이 왜 그러는지 눈치채지 못했고, 영문도 몰랐다. 나중에야 MSKCC에서 'Doctor'라고 불리는 사람은 Division의 Chief인 Dr. Jatin P. Shah(이 분야의 자타공인 세계 최고의 대가)뿐이라는 것을 알게 되었다.

하지만 이제와서 어쩌겠는가. 그들이 어떻게 부르든 신경 쓰지 않고 내버려 뒀기 때문에 나는 그날부터 마치는 날까지 MSKCC의 Head & Neck Division에서 Jatin P. Shah 교수와 (호칭만 놓고 보면) 어깨를 나란히 하는 존재로 지내게 되었다.

이제 와서 돌이켜보면 우리 세브란스의 문화로 인해 벌어진 일이지만, 당시 그들에게 '과분한' 존경을 받은 것 같아 조금 미안한 생각이 든다.

그러므로 이제는 우리의 잘못된 전통과 해석으로 인해 '비속어'로까지 추락한 'Doctor'라는 호칭에 대해 복권과 명예회복을 고려해야 할 시점이 아닌가 싶다. 과거의 잘못된 해석으로 역사에 길이 남게 된 그 에피소드 역시, 늦게나마 '설원(雪冤)'을 위한 씻김굿이라도 마련해야 하지 않을까? 때린 사람이나 맞은 사람이나,

당시에 그 광경을 목격하며 마음을 다친 (어린) 영혼을 위해서라도 말이다.

"Doctor, now you are free from all of the odds!"

Epilogue

원래 Doctor라는 호칭은 내과의사를 지칭하는 말이었다. 과거에는 모든 의사들이 진찰과 진단을 하고 약을 처방하는 일을 중시했고, 상처를 치료하거나 고름을 짜는 등의 '허드렛일'은 주로 하인이나 '이발사'들에게 시켰다. 이들은 이런 일뿐만 아니라 사체 검안 같은 험한 일도 도맡아 했었다.

그러다 이 이발사들이 경험을 쌓고, 살아생전 환자가 보인 증상이 특정한 인체 부위의 이상으로 인해 발생한다는 사실을 깨닫게 되면서, 새로운 개혁 세력으로 의학계에 등장하기 시작했다.

이들, 즉 '이발사 의사'라 불리던 사람들이 바로 Surgeon, 외과의사다.

감사한 하루

1997년에 나는 성장 배경인 모교를 잠시 떠나 삼*의료원에서 혈관외과를 전공했다. 당시 연세대학교를 떠난 경험이라고는 군 복무 3년이 전부였던 내게, 그 기관의 문화는 상당한 충격으로 다가왔다. 온통 ○○대 판이었던 인력 구성과 그들의 업무 방식도 마음에 들지 않았지만, 특히 낯설었던 것은 쓸데없이 강조하던 단체 협력, 대동단결 같은 캐치프레이즈 식의 문화였다.

'이럴 시간에 일이나 좀 더 열심히 하지….' 하는 아쉬움이 늘 있었다. 천만다행이랄까? 그 와중도 그 병원에 나와 생각이 같은 분이 있었다. 그는 서*대를 졸업하고 교수가 된 후 미국으로 연수를 갔다가 그곳에 정착한 사람이었다. 말하자면 그 대학의 '배신자'쯤 되려나? 당시 삼*의료원이 설립을 위해 인재를 긁어모으면서 외과 주임 교수로 발탁된 분이었다. 그는 내가 전공하던 혈관외과와 이식외과의 과장이기도 했다.

　그와의 첫 만남은 지금도 잊을 수 없다. 그는 자신을 소개하면서, 철저히 '업무로만' 사람을 대할 것이며, 평가도 냉정하게 하겠다고 말했다. 그러고 나서 혈관외과 펠로우를 시작하는 우리에게, "나를 한국말을 할 줄 아는 미국인으로 생각하는 것이 너희에게도 편할 것이다"라는 말로 확실하게 오금을 박았다. 나는 괜히 인정에 호소하려는 생각은 꿈도 꾸지 말라는 뜻으로 받아들였고, 그런 성향 역시 내 스타일과 잘 맞았다. 그래서인지 그는 당시 삼*병원의 그 이상한 문화를 특히나 못 견뎌 했다.

　나는 그분이 울분을 토할 때마다 그 장면을 보며, 그 상황을 이해하지 못하는 다른 사람들이 이해되지 않는 부류였다. 그는 충분히 그럴 만했고, 그나마 격분하고 화가 난 전체 분량(혹은 규모? 뭐라고 표현할지 딱히 적당한 말을 찾지 못하겠다)의 반도 표현하지 않는다고 생각했다. 연세대학교 같았으면 적어도 한두 명은 '파이어(해고)' 당하고도 남았을 것이라고 나는 생각했으니까.

　무엇보다도 그분은 욕을 참 잘했다. 그런데 그가 구사하는 욕설이 미국 욕, 한국 욕 등 너무 다양해서, 한참을 들어도 이게 무슨 말인지 못 알아먹을 때가 많았다. 혈관외과 팀이 단체로 불려가 한바탕 깨지고 나올 때면 서로에게 물어봐야만 비로소 그 내용이 무엇인지 알 정도였다. 당시 우리는 그게 1960년대에 즐겨 사용하던 욕설은 아닐까, 혹은 이제는 사어(死語)처럼 남은 전설적인 욕인지도 모른다는 생각까지 했었다.

나는 주어진 여건에서 무엇이든 열심히 하는 편이다. 잠시라도 시간이 남으면 견디기 힘들어 뭐든 찾아서 하게 된다. 그러다 보니 주임 교수는 내가 그 병원에 남아 혈관외과에서 계속 일하기를 바랐다. 하지만 나는 이미 나의 스승님(박정수 교수님)께 돌아가기로 약속되어 있었고, 그분도 그 사실을 모르지 않았다.

그렇게 서로 다른 생각으로 평행선을 달리던 어느 날, 주임 교수가 나를 단독으로 불렀다. 그런 일은 좀처럼 흔치 않았고, 혹 잘못한 일이 있더라도 단체로 끌어다 박살 내는 것을 좋아하는 분이어서, 아무리 생각해도 혼자 불려 갈 정도로 잘못한 일이 없었기에 안절부절못하고 있었다. 그런데 내 염려와 달리 그날의 주제는 전혀 다른 것이었다.

"장 선생, 자네. 이제 가을인데 내년에는 어떻게 할 생각인가?"

나는 순간 당황했다. 뻔히 아시면서 왜 이런 질문을 아무렇지 않게 하실까?

"저, 교수님께서도 아시는 것처럼 저는 박정수 교수님과 약속을…. 그래서 내년에는 연세대학교로 돌아갈 예정입니다."

그는 금테 안경 너머로 나를 지긋이 바라보며 말을 이었다.

"내가 자네 학교 주임 교수와 고등학교 동기인 건 알지? 박기○

교수 말이야."

"네, 알고 있습니다."

"내가 자네 문제로 박 교수와 상의를 좀 했는데, 알아보니 자네가 지금 돌아가도 거기에 남아 있기는 어렵겠던데? 이미 자리가 다 찼으니 말이지."

"알고 있습니다. 하지만…."

"그걸 알면서도 돌아가겠다고? 무슨 갑상선에 목을 매는 이유라도 있나?"

"그게 아니라 저는 약속을…."

"참나, 이 벽창호 같은 놈 하고는! 그렇게 머리가 안 돌아가? 누울 자리를 보고 발을 뻗으랬다고, 자네는 지금 아무 가능성이 없는 곳으로 가겠다고 하는 거 알고는 있어?"

"네. 저도 모르지는 않습니다. 그리고 여기서 교수님께 배운 것들이 정말 값지다는 것도 잘 압니다."

"그런데도?"

"저는 교수님께 배운 혈관외과 기술을 암 수술에 접목하려고 합니다. 나중에 교수님께서도 저를 자랑스러워하실 수 있도록 노력하겠습니다."

사실 이 말은, 삼*병원 외과 주임 교수님 당신이 우리에게 들려준 이야기를 인용한 것이었다. 그가 미국에 남아 혈관외과를 공부할 때, 아무런 연고도 없는 동양인을 받아줄 리 없는 완고한 미국 사회의 문을 두드리면서 훗날 그의 스승이 된 Dr. Hume에게 했던 말이었다. "나를 받아주면 나중에 당신은 나를 자랑스럽게 생각하게 될 것입니다"라고 말이다. 이런 배경이 있었기에 내가 인용한 그 말은 상당한 효력을 발휘했고, 연세대학교로 돌아가겠다는 나의 강한 의지를 주임 교수는 인정하게 되었다.

후일 알게 된 내용이 있었는데, 삼＊병원 주임 교수는 연세대 주임 교수와 통화한 것에 그치지 않고, 이후 박정수 교수님과도 직접 통화했다고 한다. 그 내용은 나를 삼＊병원 교수로 키우고 싶은데 내가 고집을 피우니 박 교수께서 나를 설득해 포기시켜 달라는 부탁이었다고 한다. 다행히도 나의 의지는 꺾이지 않았고, 박정수 교수님 역시 나를 포기하지 않으셨다. 결국 두 분은 "2년간 갑상선-두경부 외과 트레이닝을 시킨 뒤, 나중에 시기가 되면 다시 데려가 쓰자"는 정도로 합의하셨다고 한다.

이런 저간의 사정을 알게 된 사건이 있었다. 내가 펠로우 수련을 마치고 교수가 되어 C병원에서 일을 하고 있을 때, 삼＊병원의 주임 교수님이 방문한 적이 있다. 당시 자신이 키운 이식외과 교수 한 명이 새 직장에서 처음 수술을 집도하는 날이라 이를 격려하고 기념하러 오셨다고 했다. 나는 주임 교수님의 정성과 마음 씀씀이에 감격했고, 몇 년 만에 만나 너무 반가웠다.

그는 당시 C병원의 주임 교수(같은 혈관외과 전공)인 이경○ 교수에게 "이 친구를 잘 활용하세요. 이 친구는 최초로 혈관외과 기술과 암 수술을 접목한 인재입니다"라고 말하며 나를 치켜세워 주었다. '세상에, 그걸 다 기억하고 계시다니!' 나는 눈물이 핑 돌 정도로 고마웠다. 겨우 1년 있었던 펠로우를 이렇게까지 기억해 주시다니. 그러고는 한 마디 덧붙였다.

"이 교수도 아시지요? 내가 삼*병원에서 주임 교수를 그만둔 것 말이오."

"아, 들었습니다."

"벌써 3년 전이야, 3년! 말이 됩니까? God Damn Shit. Sixty what? 나보고 60세가 됐다고 그만하라는 거야! Sick'n tired! Fuc*** Bull shit!"

그분 특유의 욕이 끊이질 않았다. 그를 잘 알고 있던 C병원 주임 교수님(이 분도 미국에서 혈관외과를 전공하고 온 분이었다) 역시 그의 말에 백 번 공감한다고 했다.

"예, 정말 Sick'n tired 하죠. 여기서는 능력이건 뭐건 다 필요없이 나이로만 따지니 말이죠."

"그러게 말이야! 아무튼 마음에 안 들어! 내가 그때 얘를 데려오려고 했는데 말이에요. 미리 박정수 교수와도 다 말을 맞춰 놓았었는데 말이야. 딱 그때 주임 교수를 그만 두라잖아, 그 mother fu**** 들이!"

'아, 그랬구나. 내가 떠난 후에도 나를 그렇게 생각해 주셨구나.'

나는 고맙고 죄송한 마음에 뭐라 할 말이 없었다. 어찌 보면 나

같은 케이스는 분명 그 분야의 '배신자'인데도 말이다. 그런 사연이 있었음에도, 나는 다행히도 이 분야에 발을 담근 이후 다른 분야로 눈 돌릴 일은 생기지 않았다. 물론 그래서 '강호를 떠돌며 유랑 검객처럼' 생고생을 하긴 했지만.

오늘 문득 이 장면을 떠올리면서, 내가 삐끗했으면 지금 이 자리 근처에도 오지 못할 뻔했다는 생각에 등줄기에 식은땀이 솟았다. 물론 혈관외과를 했어도 지금과 크게 다르지 않게 살지 않았을까 하는 생각도 없지는 않다. 하지만 혈관외과를 전공했다면, 지금처럼 매일 이렇게 어려운 수술을 하며 사는 삶은 아니었을지도 모른다.

혈관외과 분야는 대부분 정해진 방식으로 수술을 하는 경우가 많아서 난관을 극복하고 새로운 길을 열어가는 재미는 없었을 것 같기도 하다. 아무래도 한국인에게는 혈관 질환이 많지 않아서 서양을 따라가지 못하는 분야임이 분명하고, 그런 이유로 최고의 경지에 이르기가 하늘의 별 따기일 테니까(갑상선-내분비 외과 분야는 전공하는 사람의 수가 많지 않아 유명해지기가 상대적으로 용이한 분야이니 내게는 참으로 감사한 분야다).

그렇다. 시간이, 환경이 Sick'n tired 해도 이런 기억이 남아 있어 더욱 감사한 하루다.

때깔 있게

내가 레지던트 수련을 받던 시절에는 그랬다('라떼' 시전). 아무리 시간이 없고 급해도 가운 안에는 반드시 와이셔츠에 넥타이를 매야 했고, 구두도 꺾어 신으면 안 되며, 문자 그대로 단정한 차림으로 다니라고 선생님들께서 늘 강조하셨다. 그것이 의사로서 최소한의 예의라고 하셨다. 그러니 우리는 수술을 마치고 다급히 나가 회진을 준비할 때도 옷차림을 꼭 갖추었고, 아무리 더운 날에도 요즘 가운과는 달리 무릎까지 오는 긴 가운을 풀어헤치고 '황금박쥐' 차림으로 다녀서는 안 되는 것이었다. 그래서 우리의 넥타이는 늘 올가미 형태로 대기하고 있다가 목에 맞추어 풀었다조였다를 반복하느라 수명이 그리 길지 않았다.

요즘 젊은 의사들은 짐작하기 어려울 것이다. 그들이 완전히 적응한 크록〇나 운동화 나부랭이로 다니는 것이 불과 얼마 전만 해도 '죄악시'되었다는 사실을 말이다.

지금은 은퇴하신 외과의 한 교수님은 우리에게 늘 이렇게 말씀하셨다.

"외과의사는 언제나 멋있어야 해. 옷도 단정하게, 그리고 멋지게 입고. 누가 봐도 깔끔해 보여야 한다."

물론 그분의 평상시 어투는 이렇게 단정한 것은 아니었다. 그 교수님의 말씀을 있는 그대로 옮기기는 어려움이 있으나(심지어 검열에 걸릴 우려까지 있으니…) 최선을 다해 표현하자면,

"야이 *새*들아, 그런 거지새* 같은 꼬락서니로 다니지 말라 했지? 이런 미친 **들이 이 꼬라지로 어딜 나돌아 다니는 거야, 이 *놈의 **들아! 외과 한다는 **들이 ****도 아니고 말이야! 너희 놈의 **들을 보면 어디 치료 받고 싶은 마음이 들겠어? 어? 이 ** 새*들아!"

뭐, 대략 이런 식이었다. 당시 우리는 이런 말을 들으면서 '옷이 문제가 아니라 구강이나 머릿속을 어떻게 좀 하셔야 하는 게 아닐까' 하는 생각을 하긴 했었다. 하지만 그분의 말씀이 틀린 것은 아니었다. 어느 정도 지켜야 할 것이 분명히 있다.

요즘 우리 병원의 유명한 노〇〇 교수님(위암 명의)을 뵈면 그분은 지금도 예전 외과의사의 전형적인 모습을 그대로 유지하고 계

신다. 늘 단정한 복장에, 단 한 번도 넥타이를 생략한 모습을 본 적이 없다. 그게 바로 우리 외과의 전통이고 예의였다.

하지만, 나도 요즘은 많이 느슨해져서, 우리 갑상선암센터에서 따로 만든 작업복(짙은 감색의 수술복과 유사한 옷) 차림으로 일하며, 병원을 벗어나면 그야말로 '자유로운' 복장으로 다닌다. 아무리 그렇다 해도, 아무렇게나 입고 다니는 것이 당연하다고는 생각하지 않는다. 그래서 청바지에 티셔츠 쪼가리를 걸친 나의 모습이 다른 사람의 눈에 띄지 않도록, 최대한 일찍 출근하고 남의 눈을 피해 퇴근하고 있다.

얼마 전, 내 친구가 운명을 달리 했다. 같은 외과의사이기 이전에, 우리는 비슷한 'ㅈ'자 성씨로, 언제나 비슷한 조에 속해 같이 실습을 하고 실험을 했었다. (연세대학교는 성씨를 가나다순으로 줄을 세워 학번을 부여하고, 그 순서에 따라 실험, 실습 조를 짠다.) 비교적 'ㅈ'자 성씨 중 앞에 속하는 나는, 'ㅇ'자 성씨들과 한 조였고, 그는 내 다음 조에 속했다. 그는 학생 때도 무던하고 착실한 학생이었다. 다들 툴툴거리고 짜증을 내도 묵묵하게 자기 할 일을 하는 친구였다.

그가 불의의 사고로 생을 마감했다는 말을 들었을 때 무척 놀랐고 마음이 많이 아팠다. 동기회 단톡방에 그의 아들이 조문과 위로에 대한 감사의 글을 올린 것을 보고는 더더욱 말로 다 할 수 없는 아픔을 느꼈다. 그의 유품을 정리하러 교수실에 갔을 때어지러이 남겨진 라면 스프에 대한 이야기는 정말…, 한동안 너무 아파서 볼 때마다 눈시울을 적시고 가슴이 미어졌다. 달리 표현할 단어도, 그 어떤 말도 찾을 수 없었는데, 지금에야 그와 관련된 이런 생각과 함께 과거 교수님의 말씀을 다시 떠올리게 되었다.

그분은 외과의사는 누가 봐도 멋지게 살아야 한다고 늘 말씀하셨다. 옷을 잘 입고 다니는 것은 기본이며, 다른 생활에서도 '멋지게 살라'고 하셨다.

대배우였던 고(故) 강수연 씨도 했다는 그 말, "우리가 돈이 없지 '가오'가 없나?"

우리가 우스갯소리로 자주 하던 이 말처럼, 비록 다른 직종에 비해 지치고 힘들 수밖에 없는 직업임이 분명하지만 적어도 자존심만은 지키면서 살면 좋겠다.

그래…. 멋지게 살자. 때깔도 좀 신경 쓰자. 내 비록 멋을 부리는 것은 잘 못하지만, 그럼에도 구질구질하지 않게 지금보다 조금은 더 신경을 쓰자.

Epilogue

오늘 점심을 컵라면으로 때우다 문득 이런 생각이 들었다. 갑자기 돌덩어리라도 삼킨 듯 가슴께가 너무 무거워지면서, 라면 면발이 다 불어터지도록 아무것도 하지 못하는 상태가 됐었다.

그래, 교수님 말씀대로… 때깔 있게, 누구보다 멋지게 그렇게 '살아 보자'. (오늘 점심을 컵라면으로 때우면서 문득 생각이 깊어졌다.)

다 살자고 하는 짓이다

아침 회진을 돌다가 이 모 교수와 마주쳤다. 그는 이틀 전 고열과 감염 증상으로 입원해 항생제 치료를 받으며 안정을 취하는 중이었다. 그래서 나는 그가 어느 정도 호전되어 퇴원하는 길이라고 생각했다. 하지만 내가 회진을 시작하는 시간은 오전 7시 30분. 이렇게 이른 시간에 퇴원하는 것은 불가능에 가깝다는 것을 잘 아는 우리 회진팀은 이 상황을 조금 이상하게 여겼다.

"뭐야, 벌써 다 나았어? 지금 퇴원하는 거야?"

그가 우물쭈물하며 답했다.

"아뇨, 수술하려요."

그러고는 한쪽 다리를 여전히 절뚝거리며 병동을 나가 엘리베이터를 타고 (수술실 쪽으로) 사라졌다. 그 자리에 있던 사람들은 모두 황당해했고, 그의 모습에 헛웃음이 터지기까지 했다. 그의 입원 사유는 결코 사소한 것이 아니었다.

'통풍(gout)'은 말 그대로 바람만 스쳐도 아프다는 뜻으로, 아주 심한 통증을 동반하는 병이다. 게다가 이 모 교수처럼 염증과 발열까지 동반했다는 것은 단순한 통풍이 아니라 꽤 심각한 상태를 의미한다.

그런 상황에서 그는 환자의 예정된 수술을 취소할 수 없는 까닭에 결국 그 몸 상태로 수술을 강행하기로 결정한 모양이었다. 그 모습을 목격한 후, 시간이 한참 지난 지금까지도 머릿속에서 떠나지 않는 기억이 있어 오늘 이 글을 쓰게 되었다.

우리 외과는 업무량과 노동 강도가 다른 과들에 비해 매우 높은 편이라, 이렇게 아픈 사람이 자주 발생한다. 오늘의 이 모 교수와 유사한 증상으로 입원했던 장 모 교수가 있고, 지금은 다른 대학병원에 근무하는 김 모, 임 모 교수 등 많은 사람이 쓰러져서 입원을 경험한 바 있다.

하긴, 나도 한 해에 한 번 정도는 이런저런 이유로 입원하던 시절이 있었다. 돌이켜보니 나 역시 오늘의 이 모 교수와 거의 비슷한 증상으로 입원한 경험이 있다.

그 사건의 시작은 이렇다. 어느 날 모기 한 마리가 내 발목 언저리를 물었다. 발뒤꿈치께 어디쯤을 물린 나는, 긁어도 긁어도 가려움이 해소되지 않는 절묘한 부위를 집중적으로 긁어대다 어느 순간 심상치 않음을 감지했다. 물린 자리의 주변부가 부어오르기 시작한 것이다. 그제야 일반인이라도 하지 말아야 할 행동을 의사인 내가 무지하게 반복하여 이런 결과를 초래했음을 깨달았다. 그때는 이미 어찌 할 수 없는 상황이어서 가볍게 항생제만 복용하고 하루를 보냈다.

다음 날 아침이 되자 발목 전체가 심각하게 부어올랐고, 발을 디딜 때마다 묵직한 통증까지 느껴지는 것이 아니겠는가? 그러나 오늘 아침의 이 모 교수처럼 나도 그날은 아홉 건의 수술이 잡혀 있어 어찌할 도리 없이 수술을 진행할 수밖에 없었다. 예상대로 그것은 위험한 결정이었다.

아홉 건의 수술을 모두 마치고 수술실 밖으로 나오자 몸에서 한기가 돌며 열이 오르기 시작했다. 다리는 아까보다 더 부어 있었고, 통증은 하체에서 상체를 향해 스멀스멀 뻗쳐 올라오는 듯했다. 수술복 바지를 걷어 올리자, 다리 쪽에서 대복재정맥(Greater saphenous vein)을 따라 벌겋게 염증 반응이 올라 사타구니 근처까지 이른 것을 발견할 수 있었다. 이 현상은 전신으로 염증이 퍼지고 있다는 징후(Sign)로, 여기서 더 진행되면 패혈증(Sepsis)에 이를 수 있다.

옆에서 지켜보던 다른 과 교수들이 모두 기겁하며, "아니, 이 지경이 될 때까지 하루 종일 수술을 했다고? 너 미친 거 아냐?", "장 선생, 아무리 일이 급해도 이건 아니지! 제정신야? 당장 입원해!"
라며 난리를 치는 바람에 어쩔 수 없이 입원을 하게 되었다. 그 후,
나는 수일간 고열과 통증에 시달리며 고생을 했다. 항생제를 집중
적으로 '퍼부은' 덕분에 다행히 패혈증까지는 이르지 않고 회복할
수 있었다. 정말 큰일 날 뻔했다.

　나는 늘 세상에 순직만큼 어리석은 일은 없다고 생각하는 사람
이다. 어떤 일이든 열심히 하는 것도, 목표를 세우고 최선을 다하
는 것도 다 살자고 하는 일이 맞다. 아파가며, 위험을 감수하며 일
을 한다면, 그것은 뭔가 잘못되고 무모한 행위와 같다.

　모두 자신의 건강을 챙기고 안전을 우선으로 생각하며 일을 해
야 한다. 우리는 남을 살리기 위해 최선을 다 해야 하는 직업이다.
따라서 우리 몸이 그런 일에 쓰이는 기본적인 도구임을 염두에 둔
다면, 스스로 조심하고 관리를 하는 것이 마땅하다. 아무쪼록 모두
조심하길 바라는 마음에 (그리고 스스로 반성하는 마음을 담아) 이 글을
올리는 바이다.

Epilogue

요즘 논란이 되는 어떤 상황을 보며, 글의 말미에 꼭 '해제(解題)'
를 두어야겠다는 생각이 들었다. 최근 강남세브란스 외과학교실
의 스승의 날 행사에서 목격한 일로 인해 나의 생각은 더욱 확고
해졌다.

중국집에서의 행사였고, 그 집의 특성답게 벽에 한자로 몇몇 글자가 적혀 있었다. 30~40대의 교수들이 그 한자를 읽지 못하는 것을 보고 나는 적잖은 충격을 받았다.

그 중 한 글귀는 '中國冷麵 開始'였다. 그들은 中國까지는 알겠는데, 나머지는 모르겠다고 했다. 나는 '중국냉면 개시'라는 간단한 글자도 해독하지 못하는 교수가 있다는 사실에 우리의 교육이 어디서부터 잘못된 것인지 정말 안타까웠다.

하여, 오늘 글의 해제는 다음과 같다.

이모 = 이모(李某) ≠ 이모(姨母)

장모 = 장모(張某) ≠ 장모(丈母)

출세하기 어려운 몇 가지 이유

의대 사회는 위계질서가 중요하고 지나칠 정도로 배타적이며 소위 계파 간 갈등이 많은 조직이다. 세계가 좁은 탓에 소문이 잘 퍼지고 루머에 취약하며, 진실 여부와 상관없이 한번 입에 오르내리면 회복이 불가능할 정도의 타격을 입는 경우가 많다.

나는 넌덜머리가 날 때마다 이곳을 '동네 반상회'만도 못한 사회라 규정하곤 한다. 하지만, 여느 사회와 마찬가지로 이곳에도 잘 적응하는 사람이 있고, 더 나아가 사회를 주도하는 세력이 있는가 하면, 불만 가득한 언저리 인간형(주변인)도 많다.

나는 주로 변방을 떠돌며 사회 주류에 합류할 생각은 하지 않고 불평불만으로 소일하는 전형적인 야당 체질이다(야당 비하발언 아님 주의). 마치 내가 세상을 혜안이나 결정적인 판단력 같은 것이라도 있는 듯 현 지도층에 대한 비판에 날을 세우지만, 나는 가진 세력도 없고, 그렇다고 딱히 그럴싸한 아이디어가 있어 누군가와 의기투합할 가능성도 없는 비판적인 소시민에 불과하다.

내가 선택한 전문 과목인 두경부-내분비 외과학은 우리 스승님의 말씀에 따르면, 1970년대쯤에는 아무도 하려는 사람이 없을 정도로 인기가 없었다. '군대는 육군'이라는 식처럼 외과는 간이나 위 등 복부 장기를 전공해야 제대로지, 유방을 하면 바로 '잔챙이' 취급을 받기 일쑤였고, 더구나 갑상선은 거의 취급도 하지 않던 분야였다. 학문적으로는 상당히 논리적이고(몸의 호르몬 역할과 생화학적 현상들을 다루기 때문에 다른 외과학 분야보다 정교하고 논리적인 분석과 접근이 필요하다) 과학적으로도 연구할 내용이 많은 흥미로운 분야였지만, 외과나 병원 내에서 힘을 발휘할 수 없고(높은 자리를 차지하기 힘들 뿐 아니라), 병원 살림에도 보탬이 되지 않았기 때문에 과거부터 야망이 있는 사람이라면 웬만해서는 선택하지 않았다.

내가 이 분야를 선택할 당시에는 인기가 약간 있었는데, 뭔가 획기적인 발전이나 뜻밖의 전망이 있어서가 아니라 다른 분야보다 좀 더 편하다는 이유로 하려는 사람이 늘었기 때문이었다. (물론 지금의 내 입장은, 누구보다 바쁘고 가장 어려운 수술을 많이 하고 있어 편하다는 말을 수긍하기는 매우 어렵다.)

내가 이 분야를 선택한 이유는 논리적이고 과학적인 접근법, 그리고 내가 치료하는 환자의 예후가 최선을 다한 만큼 좋아진다는 점이었다. 간암이나 췌장암의 경우, 아무리 열 몇 시간 이상 수술해도 그 노력이 좋은 결과를 보장하지는 않지만, 우리 분야는 노력하면 할수록 더욱 나아질 수 있다는 것이 가장 큰 매력으로 다가왔다.

하지만 막상 수련을 마치고 독립하여 내 이름을 걸고 진료를 하다 보니, 역시나 '잔챙이'의 설움은 이루 말할 수 없이 큰 것이었다. 과 내에서 중요한 결정을 내릴 때도 내 의견 따위에는 귀 기울이지 않을 만큼 하찮게 여겼고, 뭔가 요구하려 하면 '얜 또 뭐야?' 하는 차가운 반응을 받았다. 심지어 동기들끼리 모여 술을 한잔하는 자리에서도 당시 근무하던 병원의 중요한 문제에 대한 토론 중에, 내 나름 회심의, (내 생각에는) 정곡을 찌르는 탁견을 제시했는데, "어이, 잔챙이는 빠져!"라는 일갈을 영상의학을 하는 녀석에게 듣기도 했다. (으으…. 영상의학 나부랭이가…. 아무리 그래도 나는 외과인데….)

지금도 가끔 그 친구들을 만나면, 나는 만날 때마다 그때 일을 되새김질시키며 반드시 한 번은 가볍고 소심한 복수로 당시를 회상한다.

한 친구는 이렇게 해설한다.

"장항석이가 오늘날 이렇게 큰 수술을 하는 데는 안○○(영상의학과)의 공이 큰 거야. 얘가 그때 잔챙이란 말 듣더니 독이 올라 죽도록 하더니만 이렇게 된 것 아니겠어? 그래, 말 나온 김에 오늘은 장항석이가 술 사라!"(망할 자식! 네가 더 얄밉다!!)

그러던 내가 어느 순간(갑상선암이 급증하는 이상한 사태에 편승하여) 갑자기 일이 많아지면서 어느덧 병원에서 꽤 주목 받는 인사가 되었다고 한다. 그렇지만 '등급은' 여전히 무명소졸(無名小卒) 급이다. 사실 나는 이게 훨씬 편하다. 내가 하고 싶은 일을 하면 되고, 바쁜 척을 좀 해주면 집적대는 사람도 없다.

하지만 나이가 들어가면서 바뀌는 점은 나보다 바로 한두 해 선배들이 병원과 대학의 경영 일선으로 진출하면서, 그들이 움직이는 위치 변화에 따라 별 볼 일 없던 나도 덩달아 묻어 간다는 것이다. 그들은 오랜 시간 미래를 위해 준비해 왔고, 자신의 능력에 걸맞은 지위를 획득해 나간 것이니 참으로 타당한 일이라 하겠다.

이와는 달리 나는 그럴 만한 능력도 없고 관심도 없어서 그냥 편하게 환자를 보고 연구하며, 학회 일(사실, 이것에는 욕심이 있다. 교내에 있는 지지부진한 보직(補職)이 아니라 학회에서는 다른 학교, 심지어 외국과 경쟁하며 일을 하고 성취해 나가는 것이니까)을 할 수 있으면 된다고 생각했다. 그러나 주변의 사람들, 특히 내 분야의 후배들이나 제자들을 위한다면 나 같은 류는 무척 위험하고 무책임한 사람이다. 힘이 있어야 자기 분야를 키울 수 있고, 유리한 자리도 차지하며, 대외적으로도 사람들을 보낼 자리를 만들 수 있을 텐데, 내가 전혀 무관심하니 말이다.

이런 나를 진심으로 걱정해 주시는 원로 교수님들도 자주 말씀하신다.

"장 교수, 이제는 생각을 좀 바꾸게. 지금 자네가 단순히 일만 할 때가 아니야. 사람들도 만나고, 골프도 치게. 이제부터는 주변을 넓혀야 하는 거야. 그래야 큰일을 할 수 있지."

이러한 상황들이 생기면서 사실 나도 조금 출세를 위한 액션이 필요하지 않을까 생각해 보지 않은 것은 아니었다. 최근 들어 조금은 노력해 보기도 했다. 그러나 몇 가지 경험을 통해 과거의 내 행적들을 돌아보면서, 내가 출세를 하지 못할 조건이 정말 많다는 것을 다시 한번 확인할 수 있었다.

그 중 대표적인 것을 꼽자면 우선, 나는 이 사회를 별로 좋아하지 않는다. 게다가 수(手)가 단순하여 싫은 감정을 숨기지도 못한다. 뿐만 아니라 말발이 센 편이라 경영진의 윗분들과 부딪히는 경우가 많다.

내가 지방의 모 의과대학에 근무할 때였다. 당시 '오너'는(이분을 이사장님 혹은 존경을 담아 표할 만한 호칭으로 부르지 않고 이렇게 부르는 데는 그 학교의 깊은 속사정이 있다) 자신이 의사였는데, '아는 인간이 더한다'는 속담처럼 악명 높기로 소문이 자자한 사람이었다. 가끔 교수들을 위로한답시고 강당에 떼로 모이게 한 다음 특별 '위로 행사'를 하곤 했는데, 나같이 '삐딱한' 사람이 아니라도 감내하기 힘든 일이었다. 더 견디기 힘든 것은 소위 보직자나 중견, 원로 교수라는 사람들이 마이크를 잡았다 하면 말도 안 되는 '용비어천가'를 시리즈로 읊어대는 것이었다.

그 병원에 점점 적응이 되고 그만큼 불만도 커질 무렵, 이전에 벌여졌던 그 행사가 또 열렸다(그런데 왜 참석을 하느냐고? 심지어 출석 체크도 한다). 용비어천가 3절쯤 들었을까? '오너께서' 자신도 지루하고 식상했던지,

"여러 교수님들 수고가 많으셨습니다. 이제…" 하고 마무리를 지으려는 순간, 내가 또 이놈의 성질머리를 죽이지 못하고 손을 번쩍 들었다.

"제가 한 말씀드려도 되겠습니까?"

(아니, New face? 으흠, 흥미로운 걸….)

"누구신가? 음, 말씀해 보시죠."

"예, 저는 외과학 교실의 장항석입니다."

그러고 나서 약 5분에 걸쳐, 내가 아주 독한 마음을 먹고 이야기할 때 나타나는 특징인 '조근조근함'을 시전했다. 이 병원이 얼마나 말이 안 되는 짓을 하고 있는지, 당신들이 후배들의 '고혈을 짜서' 유지하고 있다는 것을 정녕 알고나 있는지, 도대체 적어도 같은 의사라면서 존중까지는 바라지 않지만 이해의 마음이라는 게 한 치라도 있는지 등 조목조목 지적한 다음, "저는 좀 전에 나섰던 선배님들처럼 될까 봐 무섭습니다. 제발 우리 젊은 교수들이 지쳐 포기하지 않고 이 병원을 사랑하고 발전시키는 일을 계속할

수 있도록 도와주십시오"라고 마무리하고 뒤도 돌아보지 않고 단상에서 내려와 버렸다.

일순간 찬물을 끼얹은 듯한 정적이 흘렀다.

"아하하하…. 젊은 패기도 있고, 정말 좋습니다! 화끈한 밤입니다!" 하고 오너께서 직접 마무리를 지으셨다.

비록 순간이었지만 그를 존경하고 싶은 마음까지 든 것이 사실이다. 실제는 어떻든 그의 배포 하나는 알아줘야겠다는 생각도 들었다.

그런데 다음 날, 병원 구석구석까지 내가 어딘가로 가게 될 것이라는 소문이 파다하게 돌았다. 그렇지 않고는 저렇게 무모하게 들이댈 리가 없다는 것이 이유였다. 갈 데가 없더라도 곧 나가게 (잘리게) 될 거라는 소문과 함께. 그러고 나서 1년이 지나지 않아 나는 결국 어딘가로 나가기는 했다. 그 당시 내 동기들은 교육부장이나 중간급 보직을 받기 시작했지만, 내게는 그곳에서 벗어나는 날까지 아무런 소식도 들리지 않았다.

또 다른 출세의 걸림돌은 내 취미다. 내가 못하는 것이 많지만, 그중에서도 가장 취약한 것은 운동이다. 기럭지 대비 과하게 떨어지는 운동 신경 탓에 잘하는 것이 거의 없는 것은 물론이고, 심지어 스포츠는 관심있는 몇몇 종목을 제외하고는 경기의 룰도 모를 정도로 무관심하다. 골프를 쳐야 출세한다고 하지만, 난들 하고 싶지 않아서 안 하겠는가? 미국에 있을 때 비싼 돈을 들여 레슨을 받은 적이 있는데, 코치에게서 '애석하지만 당신은 골프채를 잡으면 안 되겠다'는 매우 친절한 진단 및 권유의 말을 들었다. 나에게는 쓰리 에스(S)가 없는데, 첫째 소질이 없고, 둘째 시간이 없고, 결정적으로 성의가 없다. 도무지 무슨 재미로 하는지 도통 모르겠는데, 이걸 왜 돈까지 들여가면서 해야 한단 말인가? 게다가 건강에 좋다는 말에도 도저히 찬성하기 어렵다. (사람을 만난다고? 그것이 목적이라면 골프보다 더 좋은 술이 있질 않은가?)

다음으로 게으름을 들 수 있다. 나는 천성이 게을러서 주변 사람들을 잘 챙기고 이런저런 행사에 얼굴을 내밀거나 일부러 찾아가 인사하는 것에 익숙하거나 능란하지 못하다. 심지어 부모와 가족에게도 나쁜 자식이자 별 볼 일 없는 가장이다. 게으른 데다, 사람도 나와 결이 맞거나 좋아하는 사람들 위주로만 만나다 보니 주변에 '세력'이 없다. 하지만 더 큰 문제는 그딴 게 왜 필요한지도 모른다는 것이다. 가끔 나를 자신의 세력으로 삼고 싶어 하는 이들이 다가온 적은 있지만, 내 성향을 파악한 후에는 대부분 나를 다시는 찾지 않는다. (경쟁 상대로도 생각하지 않는 것이 대부분인 게지.)

또 다른 이유는 '학습 효과'다. 내 스승님은 전형적인 학자 타입으로 올곧고 꼬장꼬장하기 이를 데 없는 선비시다. 그런 스승님께서 어느 해 주임 교수가 되고 싶어 하셨다. 당시 다른 대학에 근무하던 내 눈에는 그 모습이 무척 낯설게만 느껴졌다.

'이분이 도대체 왜 이러실까? 저 이전투구에 발을 담그시면 분

명 후회하실 텐데⋯.'

그 해, 비교가 불가능할 정도로 탁월한 업적으로 연세의대 외과학교실의 영광스러운 주임 교수가 되시기는 했다. 그러나 내 생각에 그분이 행복했을 것 같지는 않다. 온갖 권모술수가 난무하는 옹졸한 의대 사회, 게다가 선생님 같은 분이 정치권에 계시기에는 무척 버겁고 어려운 일이었을 것이다. 이런 일들을 보아온 내가, 그리고 선생님의 성향을 유전자로 물려받은 내가, 같은 일을 한다는 것은 지극히 '단세포적'일 것 같지 않은가?

이러한 이유에다 결정적인 한 가지를 더하면, 앞서 말했듯이, '나는 전형적인 야당 체질'이다. 게다가 이 '반상회 사회'에서는 주목받고 싶은 생각이 전혀 없다. 그렇다고 내가 지금 한국 사회에서 야당을 하는 사람들처럼 1980년대 학생 운동이나 그 이상의 의미 있는 일을 한 '깨우친 사람'이었냐 하면 그와는 전혀 거리가 먼 한심한 족속이었다. '군대에 다녀오지 않은 사람이 군대 이야기를 더 많이 한다'는 말처럼, 학생 운동하는 사람 언저리에 있던 내가 더 나댄다고 해야 할까? 지금이야 세월이 흐르고 시간이 지나 야당 체질 운운하지만 그때는 숨도 제대로 못 쉬고 숨어 다니던, 그러면서도 왜곡된 사회 정의와 조국의 낙후된 철학과 정신에 멍들어 수시로 알코올 치료를 필요로 하던 그런 류의 '잔챙이'였다. (아, 그러고 보니 내 '잔챙이'의 역사 또한 꽤 유구한 편이구나!)

나는 잘 알고 있다. 지금 의대 사회에서 설치고 있는 자들이 과거에 나보다 그다지 나을 것 없는 사상과 경력의 소유자였고, 지금 역시 별반 다를 것도 없다는 것을. 의대에서는 아무리 날고 기어도 사회적으로 요구되는 기준에서는 언제나 '지진(遲進)'과 '박약(薄弱)' 수준을 벗어나기 힘들다는 것이다. 굳이 말하자면, '반상회 회장이라도 하면 알아주겠는가?' 하는 게지.

이러한 연유로 나는 정치권과는 담을 쌓고 '채국동리하(採菊東籬下)'(동쪽 울타리 아래에서 국화를 딴다) 하던 옛 시인의 말처럼 고고하게(죽어라 일만 하며) 살아가고 있다. 괜한 일에 아등바등 매달리지 않고 '나의 본질'대로 '잔챙이'로 돌아가 안빈낙도(安貧樂道)하며, 내 스스로의 길과 학문을 즐기면서 사는 것이 훨씬 좋겠다고 생각한다.

結廬在人境 (결려재인경)	사람들이 사는 곳에 집을 지었어도
而無車馬喧 (이무거마훤)	수레와 말 소리가 들리지 않는다.
問君何能爾 (문군하능이)	묻노니, 어떻게 그럴 수 있는가?
心遠地自偏 (심원지자편)	마음이 멀어지면 저절로 한적해지는 법이라네.
采菊東籬下 (채국동리하)	동쪽 울타리 아래에서 국화를 따다가
悠然見南山 (유연견남산)	한가롭고 유유자적하게 남산을 바라보노라.
山氣日夕佳 (산기일석가)	해 질 무렵 산 기운은 더욱 아름답고
飛鳥相與還 (비조상여환)	날던 새들은 서로 짝지어 둥지로 날아오는구나.
此中有眞意 (차중유진의)	이러한 가운데 삶의 참된 의미가 담겨 있으니
欲辨已忘言 (욕변이망언)	말을 하고 싶으나 그만 말을 잊고 말았네.

물론, 안빈낙도에 대해서는 다른 의견이 있을 수 있음을 잘 안다. 옛날 청빈한 선비가 그것을 좋아해서 한 것인지, 아니면 뜻대로 풀리지 않으니 제도권을 외면하고 배척한 것인지 모호하기는 하다. 과연 도연명(陶淵明)의 '채국동리하'라는 서정시에는 어떠한 염원이나 갈증이 없었을까?

그래도 나는 안 되는 것을 잘 아는 한 가지 장점은 가진 사람이다.

Epilogue

도연명의 싯구절 마지막 부분이 머릿속을 떠나지 않는다.

언제나 그렇듯, 말은 결국 우리를, 그리고 우리의 진심을 온전히 담아내기에는 너무 부족한 그릇이다.

결국 언어의 마법사라고 해도 손색이 없는 시인조차 마음의 끝맺음을 다하지 못해 이렇게 표현한 것이다.

"말을 하고 싶으나 그만 말을 잊고 말았다."

택시요금 병산제

1980년대 후반에서 1990년대 초반 무렵이었다. 이때는 나라 경제가 한창 발전하는 단계여서, 각 계층과 직업별로 목소리가 높아지고, 자신들의 권익 보호와 이익 추구를 위한 '용트림'이 시작되던 시기였다. 모든 것이 전진을 위한 희생과 나라를 위하는 애국심만으로는 봉합하기 어려운 단계에 이르렀으며, 사회 개선의 요구는 대부분 투쟁과 쟁취라는 극단적인 집단행동으로 귀결되고 있었다. 당시 사회의 불안정으로 인한 시민들의 기본적인 생활권 침해마저도, 오로지 집단이 겪는 피해를 주장하면 묵과되거나 오히려 정당화되던, '이상한 나라'의 '특별히 이상한 시대'였던 것이다.

아! 복잡한 이야기를 하고 싶은 것은 아니다. 사실 나 역시 그런 사회 현상이 일어날 때마다 대부분의 사람과 마찬가지로 '잘 참아 내던' 사람이었고, 지금도 그것이 무슨 일이었는지 이유를 잘 모르며, 그저 그런가보다 하고 지냈고, 얼마 지나지 않아 곧바로 잊어버리는 대한민국 민초(보통 사람)의 한 명이니까.

현재 대한민국의 택시는 이동 거리와 걸린 시간을 모두 합산해서 요금을 부과하는 '합리적이고도 선진적인' 요금 체계를 갖추고 있다. 하지만 내 기억 속의 80년대와 90년대 과도기에는 오로지 거리만을 측정하여 요금을 부과하는 체계였다. 혹시 기억하시는 분이 있을지 모르겠다.

당시 택시 기사는 힘든 직업의 대명사이기도 했다. 따라서 마음씨 좋은 대한민국 국민들은 너나없이 동포애를 발휘하여 합승에 동의하였고, 2킬로미터 정도를 가는 데 일고여덟 번씩 멈춰서 기사가 합승을 시도하는 것쯤은 아무렇지 않게 생각하고 당연하게 받아들였다. (버스를 생각해 보라. 매 정거장을 거치면서 열 번 이상 정차할 텐데, 택시를 탔으니 얼마나 편한가!)

그리고 그들의 영업을 방해하는 행위, 즉 합승에 '흔쾌히' 동의하지 않거나, 밤늦은 시간에 '따블' 혹은 '따따블'을 외치지 않는 행위, 두 사람이 앞뒤(한 명은 조수석에, 다른 한 명은 뒷자리에)로 앉거나, 서너 명이 '양심 없이' 택시 한 대를 독차지하는 행위는 더불어 사는 세상에서 몰염치의 표본이 되기에 안성맞춤이었다.

당시 어느 때쯤으로 기억한다. 늦은 밤 겨우 일을 마치고 "불광동! 불광동!"을 외치다가 극적으로 '너그러운 기사님'을 만나 집으로 향했다. 나이가 지긋하신 기사님은 말을 걸어왔다.

"손님, 정말 힘드시죠? 택시 잡기가 너무 힘들 겁니다."

(지금 나를 약 올리는 건가?) "예, 뭐 그렇지요."

"이건 정말 문젭니다. 뭔가 개선이 필요해요."

(자기들만 각성하면 해결돼!) "뭐가 뾰족한 수가 있을라고요. 국민들이 죄다 잘 살아서 자가용 한 대씩 굴리면 되죠."

"아뇨, 제 말은 그것 말고요. 손님은 보니까, 불편하시고 불만도 많으신 것 같습니다."

('당근이지!')

"그런데요, 손님. 택시 기사들도 정말 힘들어서 그러는 겁니다. 이해를 좀 해주세요."

('이해 못 하면 우리가 뭐 별 수 있나?')

"그래서 우리 나라도 요금 병산제를 도입해야 합니다. 그렇게 돼서 좀 사는 게 나아지면 택시 기사들도 지금보다 친절해지고, 시민들의 불편도 나아질 겁니다."

"그게 뭔데요?"

"아, 요금이 거리하고 시간을 함께 합산해서 매겨지는 제도죠."

"요금이 또 오르겠네요?"

"아…, 예. 아마도 그렇겠지요. 하하. 하지만 서비스는 분명 획기적으로 개선될 겁니다."

나는 그때 처음으로 '요금 병산제'라는 단어를 들었다. 그리고 많은 사람들(특히 택시 기사들)이 공감하며, 일부는 실력행사를 감행한 끝에 결국 90년대 언젠가부터 서울은 거리-시간 합산제를 시행하게 되었다.

요금은 거의 두 배가 되었다. 그렇지 않아도 막히는 서울의 거리는 시민들의 답답한 가슴과 목을 더욱 옥죄었고, 이때 '거지 같아서' 내 차를 빨리 사야겠다는 결심을 모두에게 확고하게 심어주는 계기가 되었다고 해도 과언은 아닐 것이다. 하지만, 그런 불편을 감수하고 이루어 낸 이 제도는 시민의 편의를 획기적으로 증진하지 못했고, 전해 듣기로는 택시 기사들의 생활에도 크게 도움이 되지 않았다고 한다. 그렇다면 그 많은 우리의 돈은 다 어디로 사라진 것일까?

나는 대체로 불량한 시민군에 속하는 자이기 때문에, 누가 무슨 정견을 발표하거나 '획기적인' 개선책을 제시하더라도 잘 믿지 않는 편이다. 현실은 쥐뿔도 모르는 자들이 말하는 미래상은 한낱 아이들 노리갯감 정도의 가치도 없다는 것이 나의 '고질적인' 사고방식이다. 잘 꾸며진 이야기와 번드르한 계획들이 현실에 적용되어 우리에게 이득이 될 것이라고는 예상하기 어렵다는 회의론이 내 주된 생각이다.

외과에서 겪는 어려움 중 하나는 만성적인 인력 부족이다. 특히 수술이 많고 업무가 과중할 때는 병동에 남아 있는 인력이 모두 소진되어 버리기 때문에, 병동에서 환자에게 적절한 치료를 제공하기 어려운 경우가 많다. 소위 '무의촌' 상태가 되는 것이다.

외과 팀은 교수(혹은 담당 전문의), 전임의(전문의를 취득한 후 세부 전공을 위해 근무하는 의사. 있을 수도 있고 없을 수도 있다), 고년차 치프 레지던트(chief resident, 교수의 직급에 따라 4년차로부터 2년차, 심지어 1년차인 경우도 있다), 저년차 전공의, 인턴으로 구성된다. 아니, 이렇게 구성되는 것은 매우 이상적이지만 현실에서는 보기 드문 경우이며, 비유하자면 아주 '유복한 가정'이라고 생각하면 되겠다. 그러다 보니 한 파트당 겨우 한 명이나 두 명 있는 전공의들이 수술실에 들어가고 나면, 병동을 돌볼 사람이 아무도 없게 되어 매우 어려운 상황에 처하기 쉽다.

우리 기관은 오래전부터 '파트제' 또는 '섹션제'로 불리는 전공의 제도를 운영해 왔다. 이는 한 팀이 수술과 수술 전후의 환자 관리를 모두 담당하는 제도로, 한 환자를 처음부터 끝까지 책임진다는 의미에서 아주 바람직한 제도이다. 수술 후 발생할 수 있는 문제점은 수술 과정을 잘 이해하고 있어야 대처할 수 있으며, 환자의 수술 전 상황을 잘 알고 있는 사람이 수술 중에 적절하고 현명한 결정을 내릴 수 있다는 점에서, 외과의 특성에도 맞고 환자를 전적으로 돌본다는(total care) 의미에서도 가장 이상적이다. 물론, 전공의 수가 충분하다는 가정하에서만이다.

요즘같이 힘든 것을 기피하는 세태 속에서 외과를 선택하는 지원자가 거의 없는 상황이 되자, 이 섹션제(파트제)보다 다른 제도를 선호하는 경향이 있다. 대표적으로 '병동 전담제'가 있다. 이는 각 병동마다 담당 전공의를 배치하고, 수술실 담당 전공의를 따로 두어 수술실 전반의 업무를 담당하게 하는 제도이다. 이처럼 인력을 적절히 분산 배치해 빈 곳이 없도록 만드는 방법은 적은 인력을 효율적으로 사용하고 급박한 상황에 잘 대처할 수 있게 한다. 이 제도는 서*대학 계열의 병원에서 선호하는 방법이다.

이 두 가지 방법은 서로 비교되며 항상 논란의 초점이 되고 있다. 그 논란은 병동이 '무의촌'이 되는 결점과 환자에 대해 제대로 파악하지 못한 전공의들이 피상적으로 care하는 위험성, 업무 과중으로 인한 수련 문제 지적, 그리고 '우리가 날나리를 키우려는 것은 아니지 않느냐?'는 반문 등으로 간추릴 수 있다. 물론 이 문제는 서로 끝도 없는 이야기일 것이다. 하지만, 가장 좋은 방법은 병원의 목표와 체질에 맞게 잘 적응시키는 것이라는 데는 이견이 없을 것이다.

내가 미국에 머물 때 우리 병원에서는 획기적인 변혁을 시도하였다. 기존 방법에서 벗어나 과감히 병동 전담제를 도입한 것이다. 이는 '이제 전공의들의 능력이 상당히 높아졌기에' 충분히 변화할 수 있다는 판단에 따른 것으로, 전공의들이 각자 맡은 병동과 수술실의 업무를 분산 담당하게 되었다고 한다.

한국에 돌아와 업무를 시작하면서 나는 새로운 문화에 큰 쇼크를 받았다. 사실 내가 이 제도를 처음 접한 것은 아니었다. 전문의가 되어 삼*의료원에서 혈관외과 전임의 과정을 밟을 무렵, 그 병원 역시 서*대학 계열에서 볼 수 있는 병동 전담제를 채택하고 있었다. 당시에는 아직도 팔팔한 '전공의 군기'가 빠지지 않았고, 막전문의 시험을 치른 후여서 아직 머릿속에 '남아 있는 지식'이 많았던 시기라, 그 병원의 전공의들이 보여준 물에 물 탄 듯한 어정쩡한 태도를 보며 나는 많이 닦달하고 혼을 냈던 것 같다.

환자에 대해 전혀 파악하지 못하고 무엇이 문제인지도 모른 채, 그저 자신은 병동을 '지킬 뿐'이라는 안일한 자세에 정말 실망했고 경악을 금할 수 없었다. 소위 외과의사라는 이들이 사명감도 없고, 환자에 대한 열의도 없으며, 그렇다고 편하게 지내면서 공부를 하는 것도 아닌, 한마디로 '총체적 한심 수준'이었다.

물론, 그들이 처음부터 그런 것은 아니었다고 한다. 나름대로 열심히 하려고는 했지만 전공의 수준에서 병동에 있는 모든 분야의 환자들을 잘 파악해서 돌보라는 것은 절대적으로 불가능한 일이다. 아무리 출중한 능력을 가진 사람이라도 어려운 일이다.

당시 나는 아직 병원에서 거의 발언권이 없다시피한 무명소졸이었다. 내가 왈가왈부할 문제는 아닌지라, 그저 '잘 되기만'을 바라면서 내 파트를 단속하면 될 일이었다. 하지만, 한동안 지내다 보니 이 제도는 꽤 편리한 면이 있었다. 수술실에는 항상 도울 사람이 배치되었고, 병동 역시 늘 한 명이 있어 환자들이 깔끔하게 관리되었다.

우리 병원은 사실상 병동 전담제와 파트제의 절충형으로, 병동에 한 사람을 배치하는 대신 파트별로 한 명 혹은 두세 파트당 한 명을 배치하는 제도로 운영되고 있다. 도입 단계에서 고민을 많이 한 흔적이 보였다.

'그래, 역시 이 제도도 많이 활용되는 데는 그만한 이유가 있었어. 내가 과거에 본 것은 제대로 운용하지 못해서 생긴 문제였던 거지…'

나는 상당히 만족스러운 생활을 하고 있었다. 시간이 흘러 전공의들의 순환 근무(rotation) 시기가 다가왔다. 그래도 헤어지는 마당에 식사라도 한번 하고 보내는 것이 인지상정(人之常情)인지라, 전공의들을 데리고 회식 자리를 마련했다.

그런데 나와 함께 일하는 전임의 J선생이 조심스럽게 이야기를 꺼냈다.

"저, 선생님. 병동 전담제에 대해 어떻게 생각하세요?"

"왜? 무슨 할 말 있어?"

"다름이 아니라, 전공의들이 많이 힘들어하거든요. 저한테 이야기를 좀 전해달라고 하는데, 그래도 선생님이 중간에서 이야기를 해 주실 수 있을 것 같다고요. 사실 문제가 많은 것은 선생님께서 늘 말씀하시던 거잖아요? 우리 파트는 수술도 많고 환자 회전

율(turn-over)이 높아서 전공의들 사이에서는 '죽음의 코스'로 통합니다."

"그래? 몰랐네. 그런데, 나는 미국에서 돌아온 지 한 달도 안 돼서 이 제도에 대해 이렇다 저렇다 말하기 쉽지 않을 텐데. 왜, 치프(Chief)는 말하기 힘들대?"

"잘 아시잖아요. 어렵죠. 그래서 공식적인 자리에서 선생님이 문제점에 대해 먼저 운을 떼 주시면 자기들도 이야기를 하겠다고 합니다."

"알았어요. 그렇게 해 봅시다."

과 전체 전공의 순환 근무(rotation) 회식 자리가 있기 전, 교실에서 열린 교수 회의에서 전공의 교육 문제에 대해 논의가 되었다. 처음 제도 도입을 위한 준비와 기안을 맡았던 것으로 생각되는 과장님은, 비록 작은 문제가 있을지라도 이 제도는 현재까지 만족스러운 결과를 보이고 있기 때문에 계속 밀고 나갈 것이라고 언급했다.

회의 중에는 말도 못 꺼내고 오금이 박혔던 나는 어떻게 이야기를 시작할지 참으로 난감한 지경에 이르렀다. 하지만 전공의들의 초롱초롱한 눈빛이 모두 내 입만 바라보는 것 같은 회식 자리에서 나는 그저 가만히 있을 수만은 없다고 생각했다. 그래서 약간 술기운을 빌린 듯한 모양새로 문제를 제기했다.

"제도가 정착될 때까지 많은 문제점이 있는 것이 사실 아니겠습니까? 사실 전공의 입장에서는 병동 전담제가 오히려 정말 힘든 것이 될 수도 있을 것입니다. 제가 과거에 삼*병원에 있을 적에, 전공의들 교육에 더 문제가 있는 것을 보았기에 말씀드리는 것입니다."

"아, 장 선생은 옛날 생각만 해서 그런 거야. 그 병원들이 그런 제도를 도입한 데는 다 고충이 있었겠지. 그 당시 그 병원들은 전공의들의 능력이 많이 떨어지는 상황이었으니까 그런 것이고, 요즘같이 이렇게 능력 있는 사람들이 있는 경우에는 충분히 시도해 볼 만한 제도야. 그리고 이왕 이렇게 시작을 했으니 적어도 2년은 밀어붙이고 중간 평가를 하는 것이 바람직하다고 생각하네. 그러면, 전공의들의 생각은 어떤가? 어이, 치프, 한번 말해 보게."

치프 전공의가 나섰다. 그는 내 눈을 응시하며 입을 떼었다.

('음, 역시 비장한 눈빛이군. 좋아!')

"옙, 저희는 이 제도가 우리 병원에 아주 알맞은 제도라고 생각합니다. 조금 힘든 파트가 문제이긴 합니다만, 이를테면 장항석 선생님 파트는 저희들 사이에서는 '대박'인데요. 어쨌든 병동 전담제는 계속해 볼 가치는 있다고 봅니다."

('아니, 이럴 수가. 이것들이…. 도대체 뭐야?')

순간 나를 향하던 많은 전공의들의 눈빛이 사방으로 흩어지는 것을 느꼈다.

('아, 이것들이 결국 나를 바보로 만드는구나! 배신자들! 나쁜 것들!!')

그래도 회식은 아주 유쾌하게 끝났다. 집으로 돌아오는 길, 택시 안에서 나는 20년 전쯤 들었던 택시 기사님의 말이 떠올랐다. '택시 요금 병산제'. 그 '획기적인 변혁 제도'는 우리에게 단 한 가지의 '변혁스러운' 느낌도 주지 못했다. 하긴, 세상의 무슨 제도가 중뿔난 것이 있으려고.

그렇다. 무슨 제도가 어떻게 바뀌건 우리 생활은 끝도 없이 반복될 것이다. 뉴욕 거리에서 본 문구가 생각난다. 거리의 '선지자'(주로 '세상의 종말이 다가왔다'고 외치는 사람들) 같은 사람이 들고 있던 피켓에 써 있던 말, "세상은 지금과 똑같이, 영원히 되풀이될 것이다!" 어째, 더 섬뜩하지 않은가?

Epilogue

이 글은 벌써 10여 년도 더 전에 쓴 것이다. 그러나 이 글이 낡았다고 느껴지지 않을만큼 제도는 여전히 끊임없이 변하고 있고, 우리는 지금도 경험해보지 못한 '새로운 제도'에 큰 기대를 걸고 있다.

허나 안타깝게도, 그 모든 시도는 한결같이 부족하기만 하다.

우리의 삶을 획기적으로 바꿔줄, '기발한' 기획을 우리는 언제쯤 볼 수 있을까?

치러야 할 값은 언제나 같다

전 지구적인 위기를 이야기하는 사람이 많다. 이러한 위기의식은 일반인의 생각과 상통하는 부분이 많으며, 애국심을 넘어선 수준의 지구 사랑은 전 인류적인 반향을 불러와 스스로 각성하게 하고, 많은 불편함을 감수하면서까지 우리의 행동을 변화시키고 있다. 질서정연한 쓰레기 분리수거, 일회용품 줄이기, 플라스틱을 줄이기 위해 맛(대가리)없는 커피 감수하기 등, 최근 우리의 삶은 다양한 사회적 변화에 맞춰 동참하고 있다.

하지만 뒤집어 생각해 보면 어떨까? 내가 좋아하는 아아(아이스 아메리카노)의 우수함을 방해하는 종이 빨대를 따져 보자. 이 종이 빨대는 일단 커피의 향과 맛을 극도로 저하시킨다. (실제로 최근 내가 커피를 줄이는 데 지대한 공헌을 한 바 있다.) 그럼에도 우리는 '지구를 사랑하는 마음'으로 그 모든 불편함을 감수하고 있다.

여기서 한 발짝 더 나아가 생각해 보자. 플라스틱을 사용하지 않으면서 생기는 일은 우리가 믿고 있는 것과는 조금 다르다. 우리가 감수하는 불편을 넘어 더 큰 문제가 분명히 있다. 가장 큰 문제는 비용 상승이다. 플라스틱이 개발된 계기는 일정한 수준의 품질을 저렴한 가격으로 유지할 수 있다는 장점과 방수가 유지되는 편리함 때문이었다. 그 덕분에 단시간에 세계를 석권하게 된 것이다. 그런데 이제 와서 썩지 않고 골칫거리인 쓰레기를 양산하는 주범으로 지목받아 배척당하는 상황이다.

그렇다면 대안으로 제시된 종이 빨대는 어떤가? 일단 맛이 없고, 내구성도 없으며, 멋도 없는, '정말 이것이 최선인가?' 싶을 정도의 수준인 것은 분명하다. 단 하나의 장점은 '썩는다'는 것인데, 우리가 커피를 마시는 그 짧은 시간에도 벌써 썩어가고 있는 게 아닌가 하는 의구심이 들 정도이니, 그 점 하나만은 칭찬할 만하다 하겠다.

나아가 이것을 생산하기 위해 사용되는 재료는 어떻게 할 것인가? 수많은 나무를 베어야 할 것이다. 또 비용 상승 문제는 바꾸어 생각하면 에너지 문제와 직결된다. 생산에 드는 에너지는 또 어떻게 해결 할 것인가?

이왕 커피 이야기가 나왔으니 텀블러에 관해서도 한 마디 해볼까? 텀블러 생산에 드는 에너지는 보통 간과하고 있는데, 과연 얼마나 많은 커피(혹은 음료)를 마셔야 비용-효율(cost-effectiveness) 면에서 적절할까? 이쯤 되면 답이 없는 것 같지 않은가? 그렇다면 결국 이처럼 이상한 상황의 해결책은 없단 말인가?

오래된 만화의 한 장면을 떠올려 보자. 분명 기억하는 분이 있을 텐데, 그것은 〈미래소년 코난〉이다. 미야자키 하야오 특유의 문제의식을 담고 있는 만화로, 1978년에 만들어져 연재되었다는 게 믿어지지 않을 정도로 빼어난 작품이다. 배경은 2008년에(세상에!) 전 지구적인 전쟁으로 대륙이 바다에 가라앉은 지 20년이 지난 시점이다. (2008년은 이미 한참 지났다. 이 만화의 세계관으로 보면 현재 우리는 모두 수면 아래에 있어야 한다!)

여기서 그 만화의 줄거리를 다 읊을 필요는 없고, 내가 기억해낸 대목은 연료를 만들고, 심지어 음식을 만들기 위해 플라스틱을 캐서 쓴다는 내용이다. 쓰레기 더미를 뒤지다 플라스틱이 발견되기라도 하면 마치 횡재라도 한 듯한 장면이 참으로 인상 깊었다.

당시만 해도 나는 언젠가는 이런 날도 올지 모른다고 생각을 했다. 그리고 거의 50년 가까이 지난 요즘, 플라스틱을 이용해 다시 석유를 만드는 산업이 등장했다는 이야기를 들었다. 이제 천덕꾸러기였던 플라스틱이 '도시의 유전'으로 재평가될 시간이 된 것이다. 물론, 여기에도 문제는 있다. 핵심은 여전히 에너지다. 석유를 얻기 위해 플라스틱을 가공하면 필연적으로 에너지를 쓸 수밖에 없다. 그렇다면 이것이 과연 무슨 도움이 될까?

요즘 각광받는 에너지 산업 중 단연 으뜸은 수소가 분명하다. 수소는 에너지를 효율적으로 저장할 수 있는 물질로 단위 무게당 더 많은 에너지를 낼 수 있는 장점이 있다. 게다가 태우고 나면 물만 남는다. 그러니 이만한 친환경 에너지가 없다고 대부분 사람은 생각할 것이다. 하지만 이 액체 수소를 생산하기 위해 투입되는 에너지와, 그 수소를 액체 상태로 저장하기 위해 만들어야 하는 특수 장비 생산 비용 및 에너지를 함께 고려하면 이야기는 완전 딴판이 되고 만다.

내가 고등학교에 다닐 때였던가? 이런 방송을 본 적이 있다. 한국의 사기 집단이 태평양의 어느 섬나라에 가서 물을 이용해 에너지를 생산해 주겠다는 사기를 쳤다는 보도였는데 (기억이 가물가물하지만) 아마도 요즘의 〈그것이 알고 싶다〉나 〈PD 수첩〉 정도 되는 프로그램이었던 것 같다.

그들은 의심을 사자, 바닷물을 전기 분해해서 한쪽에서 생산되는 수소에 불을 붙여 보이며 안도하고 엄청난 만족감을 드러냈다. 기자가 어떤 질문을 하자, "방금 불붙는 거 봤지? 그럼 이야기는 끝난 거야!"라며 자신감을 보였다.

당시 나는 고등학생에 불과했지만, 그 상황에 대해 말도 안 된다고 생각했다. 겨우 불이나 붙이려고 전기를 써야 하는 게 불합리하다고 본 것이다. 저런 사기꾼들을 옹호하는 건 옳지 않다며

분개하고 있었는데, 방송 말미에 어느 교수가 등장해 나의 의구심과 분노를 한방에 날려 주었다.

"가장 이상적인 에너지가 전기인데, 굳이 뭐 하러 물을 분해해서 그런 일을 하죠? 그냥 전기 난로 쓰면 되는데?"

바로 그거다. 수소가 아무리 깨끗해 보여도 그것을 생산하기 위해 드는 비용을 무시할 수 없다. 석유를 배척하기 위해 석유나 석탄, 혹은 원자력을 써서 전기를 생산해야 하는 것은 과연 옳은 일인가? 이런 말을 하면 혹자는 '그래서 태양열이 중요하지 않느냐?'고 지적할 수 있겠지만, 태양열 설비 역시 그냥 하늘에서 뚝 떨어지는 것이 아니라는 것을 알아야 한다.

언젠가 내가 쓴 글 중에 수학의 중요성에 대한 내용이 있다. 제목은 〈수학의 가치〉였다. 그 내용 중 하나는 어떤 목적을 달성하기 위해 드는 에너지의 총량은 동일하다는 것이었다. 어떤 상황에서건 어떤 가치나 효과를 얻으려면 치러야 하는 비용은 늘 같다. 결국 우리가 어떤 목적을 달성하기 위해 써야 하는 에너지는 언제나 동일한 양이다. 그것은 아무리 악을 써도 바꿀 수 없는 것이다. 다만 아껴 쓰고 조심하는 것이 더 중요할 뿐, 뭔가를 인위적으로 바꿔서 획기적인 전환이 일어나기는 어렵다는 말이 되겠다.

Epilogue

살다 보면 우리가 '횡재했다'라고 느끼거나, 반대로 뜻밖의 손해를 보거나 '바가지를 썼다'고 느끼는 순간이 생각보다 많다. 그러나 큰 틀에서 보면, 그 부족함과 넘침은 결국 아주 작은 부분에 불과한 것인지도 모른다.

결국 우리가 목표로 한 것을 얻고자 할 때는, 누구나 거의 비슷한 값을 치러야 할 것이다.

그래서 수학은, 그리고 과학은 우리를 엉뚱한 발상이나 기이한 계획에 휘말리지 않도록, 보다 '정당하게' 살아가도록 인도해 줄 것이다.

왜, 성경 말씀에도 있지 않은가?

"진리가 너희를 자유케 하리라!"

지금 그 내무반 이름은 잊었지만

어제 내 나름 뜻깊은 일이 있었다. 오래전이라 기억이 분명하지 않지만, 〈대한민국의학한림원〉에 정회원으로 가입하기 위해 지원한 적이 있다. 한림원이라는 명칭이 그렇듯 학문을 논하는 가장 권위 있는 단체여서(남들이 뭐라고 하건 간에), 그토록 원하고 동경하는 일이 었지만 보기 좋게 낙방하고 말았다. 내 나름대로는 열심히 노력했다 자부했기에 논문도 120여 편이나 되는 내가 떨어진 것에 도통 이해가 되지 않았다. 도대체 여기에 들어가는 사람은 어떤 사람들일까? 부러움 반, 의구심 반, 그런 심정이었다.

이번에도 크게 기대를 하지 않았던 이유는, 이 단체의 경우 누군가가 그만 두거나 사망하여 변동이 있어야만 자리가 난다는 것

한림원에서 1분 스피치 중

을 알고 있었고, 한 번의 고배로 인한 씁쓸하고도 어두운 인상이 강했기 때문이었다. 그러던 중 일주일 전쯤 메일 한 통이 도착했다. '의학한림원 신입 정회원 오리엔테이션'에 참석하겠느냐는 의향을 묻는 내용이었는데, 뒤에 달린 글이 더 가관이었다.

"귀하는 아직 정회원으로 선발된 것이 아니므로, 비밀 유지를 당부한다."

나는 이 내용이 모종의 협박처럼 느껴졌다. 이를 내 방식으로 해석하자면, "당신은 아직 선발이 되지 않은 후보자인데, 하는 것을 봐서 조치하겠다" 정도의 내용이었다.

'이건 무조건 참석을 해야 한다'고 생각했기 때문에, 꾸역꾸역 참석해서 긴 시간 '별로 의미 있어 보이지 않는' 소리를 한참 동안 듣고 앉아 있을 수밖에 없었다. 어쨌든 결과는 정회원으로 선발되었다. 그리고 나서 회원증을 받고, 각 분과(총 11개의 분회가 있고, 내가 속한 분회는 제5분회로 외과, 정형외과, 흉부외과, 성형외과가 속했다) 대표자 1인에게 소감을 1분 스피치로 하라는 요청을 받았다.

내가 우리 분회의 대표였는데, 처음에는 실적이나 성적이 가장 좋은 사람이 대표인 줄 알고 (내심) 자부심을 느꼈다. 그런데 알고 보니 그게 아니었다. 내가 대표인 이유는 다름 아닌 우리 분회 신입 정회원 중 '가장 연장자'이기 때문이라고 했다. 그래서 나는 스피치의 내용에 바로 이 말을 적용했다.

"7~8년 전에 한번 떨어지고 다시 왔더니, 이제는 가장 연장자라고, 이런 서운한 대접을 다 받게 되었습니다"로 시작하자 많은 사람들이 웃음으로 화답해 주었다. "처음에는 내가 성적이 제일 좋아서 대표가 된 줄 알고 잠시 좋아했었습니다"는 말에도 박수가 터져 나왔다.

또 다른 재미는 다음에 있었다. 내가 스피치를 마치자 바로 다음 차례인 제6분회 대표로 나선 사람이, "좀 전에 말씀하신 장항석 교수가 저와 30여 년 전에 영천에서 같은 내무반에 있었던 사람입니다"라고 하는 게 아닌가! 게다가 이미 회원인 다른 한 사람도 같은 내무반 출신이었다. 우리 세 사람은 당시 인턴을 마치고 입대했기 때문에 미래도 불투명하고 심적으로 상당히 위축된 상태였다. 하지만 지금, 긴 세월이 지나고 신경과에서, 미생물학과 그리고 외과에서 열심히 살아가고 있다.

지금은 기억도 가물가물한 영천 3사관학교 내무반. 눈보라 휘몰아치던 홍남부두, 아니 3사관학교 연병장과 혹한기 극기훈련의 진수를 보여 준 (역시 눈보라 휘몰아치는) 화산 유격장 등 암울했던 20대 말의 일들이 갑자기 주마등처럼 스쳐 지나갔다. 그런 느낌이 너무 뭉클했고, 우리는 금세 단톡방을 만들어 조만간 만나서 술 한잔 하기로 약속까지 잡았다.

우리가 이런 수다를 떨고 있으니, 주변에 있던 한림원 원장님 께서, "야, 당신들 내려가서 그 내무반에 팻말이라도 하나 붙이고 와야 하지 않을까? 거기 터가 아주 좋은 모양인데!"라고 추임새를 넣어 주셨다. 우리는 지나가는 인사로 하신 말씀임을 모르지 않으 면서도, 당장이라도 팻말을 만들 기세로 정말 그래야 할까보다는 생각까지 했다.

지금은 그 내무반의 위치도 명칭도 기억나지 않고 그저 어렴풋 할 뿐이지만, 이렇게 과거의 한 장면은 늘 내 영혼을 애틋함으로 정화한다.

〈악마는 프라다를 입는다〉

내가 영화를 보는 기회는 아주 가끔—1년에 0.5편 정도로 거의 가
뭄에 콩 나는 수준—이다. 그것도 〈주말의 명화〉나 케이블 방송에
의존한 것이다. 우리 집 거실에는 TV가 없고, 안방에 미국에서 버
리지 못하고 (심심할까 봐) 가져온 17인치짜리 구닥다리가 하나 있을
뿐이다. 게다가 케이블 방송조차 연결하지 않아 집에서는 영화를
볼 기회가 아예 없고, 수술실 교수 갱의실에 비치된 TV로 보는 것
이 전부다.

　우리 병원에서 제공하는 케이블 방송에는 영화를 보여 주는 채
널이 세 개쯤 있었는데, 그조차도 어느 순간 경비 절감을 핑계로
단 한 채널만 살아남았다. 그마저도 내게는 감지덕지다. 그 '환상

의 채널'은 바로 O*N이다.

수술이 있는 날에는 수술 중간에 환자의 마취를 깨우고 다음 환자를 준비하는 약 20분 정도의 시간이 생기기 때문에 틈새의 여유가 있다. 대부분 외과(및 수술실을 이용하는 기타 진료과) 의사들은 그 시간을 나름의 방식으로 활용한다. 의외로 이 시간에 집중이 잘 되기 때문에 논문 검토, 발표 준비, 집필 등에 대부분을 사용한다. 하지만 사람이 하루 종일 그렇게는 못 사는 것이 당연하지 않은가?

물론 아침 댓바람부터 그러는 분들도 아주 없는 것은 아니지만, 오후가 되면 지친 교수들이 하나둘 TV 앞으로 모여든다. 어르신들은 주로 골프나 바둑 채널(그런 걸 왜 보는지 참 짐작하기 어렵지만)을 보시기 때문에 나 같은 무명소졸들은 이른 오후까지는 소파의 편하고 view가 좋은 좌석은 언감생심 꿈도 꾸지 못한다. (그런 프로그램들이 그다지 당기지도 않아서 아쉽지는 않지만.) 좀 더 늦은 시간이 지나 높으신 분들의 스케줄이 끝나게 되면 그제야 비로소 내게도 리모컨을 줄 수 있는 순서가 온다. 이때가 되어야 나도 O*N 채널을 볼 수 있는 시간이 된다.

보다 보면 알겠지만, 이 채널에도 문제가 많다는 것을 아는 사람은 다 알 것이다. 광고가 지겨울 정도로 많고 길다. 게다가 중간 광고의 시점은 어쩜 그리도 기가 막히게 잘 조절하는지, 이야기 전개가 조마조마하거나 극대화되었을 때 뚝 끊어서 잡스럽고 시끄러운, 듣기 싫을 정도로 지겨운 보험이나 캐피탈 같은 광고들을 끝없이 반복 재생하며 몇 십 분씩 퍼붓는다.

무엇보다 결정적인 것은 영화 한 편을 시작하면 대략 5~6주는 같은 시간대에 매일 틀어 주는 것 같다. 정말이지 질리도록 말이다. 그럼에도 나는 이런 치명적인 결점 때문에 이 방송을 선호한다. 나처럼 일정 시간 연속으로 진득하게 앉아 영화를 감상하기 어려운 처지에 놓인 사람들은, 일정 기간 동안 '넌덜머리가 나도록' 틀어 주어야 시간에 쫓겨 갈기갈기 난잡하게 토막 날 수밖에 없는 조각난 부분을 이어 붙이고, 반복적인 감상을 통해 하나의 완성된 영화를 파악할 수 있기 때문이다. 그래서인지 별로 의도한 것은 아니지만 영화 한 편을 보아도 아주 '심도 있게' 파악할 수 있는 버릇이 생긴 것 같다. (역시 공부는 반복이 최고 아니겠는가?)

최근에 이토록 '고마운' 채널에서 내가 리모컨을 쥘 때쯤 보여 주는 영화가 〈악마는 프라다를 입는다〉였다. 이 영화의 원작인 책의 저자는 내 글 '무림입문'에 잠시 등장했던, 자신의 글이 99.7퍼센트 진실이라고 말했다는 로렌 와이스버거다.

이 영화는 실화를 바탕으로 했기에 탄탄한 구성과 흥미를 갖추고 있다. 더불어 무시무시할 정도로 연기를 잘하는 메릴 스트립의 카리스마—그녀의 은발과 싸늘함, 그리고 표정 하나하나에서 넘쳐나는 카리스마는 가히 압권이며, 그녀가 왜 대배우인지 잘 알게 한다—와 세련미 넘치는 앤 해서웨이의 뉴요커 자체의 모습(내 나름 뉴욕 출신—정확하게는 뉴욕 교환 교수 출신—아닌가?) 등 이 모든 것이 어우러진 명작이라 생각한다.

영화에서 엄청난 카리스마를 바탕으로 모든 직원 위에 군림하는 미란다는 많은 사람의 동경의 대상일 정도로 능력 있고, 판단력과 결단력 등 타의 추종을 불허하는 인물이다. 하지만 약간은 새디스트라고 할 정도로 아랫사람을 괴롭히고, 가차 없이 해고하는 등 가히 악마 같은 여자라고 할 수 있다. 뿐만 아니라 능력 없는 사람을 경멸하고, 심지어 스타일 없는 여자는 쓰레기 취급을 하는 등 전형적인 속물 근성이 골수에 박힌 '밉상 중의 밉상'이다.

원래 정통지의 기자를 꿈꾸던 앤드리아(에디)는 〈런웨이〉라는 속물스러운 패션 잡지(그러나 들어가기는 하늘의 별 따기처럼 어렵다는) 편집장의 비서가 된 후 온갖 힘들고 잔인한 오더와 학대를 경험한다. 이런 일들에 치여 친구들과 애인까지 멀어지게 되지만, 어리석고 잔인하며 속물스럽고, 그럼에도 불구하고 세련된(stylish) 그 세계에 점점 빠져들게 된다. 그리고 그 중심에 있는 미란다를 동경하는 자신을 발견한다. 워낙 실력이 있었기에 서서히 인정을 받기 시작하면서 그 세계에 점점 더 깊이 발을 들이게 된 그녀는, 겉으로 보기엔 어떨지 모르나 정글 속에서 벌어지는 온갖 권모술수와 비인간적인 모습들에 철저히 실망을 하게 된다. 결국 약속된 미래의 화려함을 모두 버리고 원래의 자신으로 돌아가고자 한다는 내용으로 마무리된다.

화려한 명품이 난무하고 (난 사실 뭐가 명품스러운지 영화를 아무리 자세히 봐도 잘 모르겠더구만.) 소위 스타일에 목숨 건 (멋진) 여자들이 화면에 가득한 그 영화에서, 내가 본 것은 좀 다른 것이었다. 가장 인상 깊은 인물은 미란다, 바로 메릴 스트립이다. 악마 같은 그의 개성, 싸늘함 그리고 어마어마한 무게로 다가오는 권위. 예쁘고 가여운 '신데렐라' 앤 해서웨이와 대척점을 이루며 영화의 긴장감을 고조시키는 그의 개성은 누가 보아도 압권 그 자체. 처음엔 가엾고 예쁜 주인공에게 동화되고 매료될지라도 결국엔 악마성에 빠져들고 마는 그런 개성이다.

하지만 내가 그녀, 은발의 카리스마에서 읽은 것은 '고독'이었다. 최정점에 오른 그녀에게는 일과 가족이라는 발판이 있었고, 일에서 만나는 동료나 경쟁자들이 있어 오히려 북적거린다 할 정도로 군중에 휩싸여 있었지만, 그녀의 기본 무드는 바로 고독이라는 것을 영화는 보여 주고 있었다.

그녀를 지탱해 온 것은 모질음과 철저함이었고, 남의 눈을 의식해 조금의 빈틈도 스스로에게 허락하지 않는 강박적인 신조였다. 그렇게 세월이 지나면서 그녀는 성공했고, 그에 따라 지독한 '마녀'라는 정평을 얻게 되었다. 이러한 평가는 자기 자신에게 모진 것처럼 후배들에게도 엄격하고 지독했기 때문에 얻은 악명이다. 하지만 그로 인해 그의 휘하에서 자란 사람들은 어디서나 번듯하게 한자리씩 꿰차고 능력을 입증할 수 있었던 것 역시 사실이다. 그러나 그의 후배나 동료들은 그를 마녀로만 인식하고 판단하며 인간미 따위는 전혀 느낄 수 없다고 여긴 것 또한 엄연한 사실이었다. 그렇기 때문에 그녀는 더 마음을 열 수 없었으리라.

이제 나도 나이가 좀 들었다. 점점 윗사람들보다 아랫사람들의 숫자가 늘어가는 것을 보면 이는 거부할 수 없는 사실이다. 내가 지난 시간 동안 가장 중요하다고 생각한 것은 '인화(人和)'였다. 우리 사회가 과거에 어땠는지 몰라도 적어도 시간이 흐른 만큼 진화해야 하고, 만약 그게 어렵다면 그 정도까지는 아니어도 조금이라도 개선되어야 한다는 생각에 내가 속한 집단에서는 그 어떤 것보다도 인화를 강조해 왔던 것이다.

다소 능력이 부족하더라도 적어도 인간의 본분에 대한 교육이 되어 있는 사람을 더 높이 평가해 왔다. 그리하여 과거부터 내 주변에 모인 사람들이 대부분 '외인구단'인 경우가 많았다. 의대에서는 성격이 좋은 대부분의 사람들은 그 마음을 지키기 위해 다른 것을 포기해야 되는 경우가 많기 때문이다. 그러다 보니 다른 동료나 후배들이 보기에 나는 '성격은 좋은 편이나' 너무 '물'이라는 평가를 받아왔다. 능력도 그만치 없다는 소리겠지.

하지만 내 생각에는 후배들도 다 하나의 인격체이고, 가정에서는 하늘 같은 가장인데, 그들이 내가 난리를 친다고 더 잘하고 그렇지 않다고 대충할 것이라 믿지 않는다. 그리고, 내가 아무리 후배들을 '놔멕이는(방목하는)' 것 같지만 그들을 평가하는 눈이 없다

할 것인가? 속이 썩어 문드러져도 그저 기다리는 것이지. 참다 참다 안 되면 1년에 한두 번 폭발하는 경우도 있지만, 나머지 시간에는 어쨌든 그들과 잘 지내고 솔직하게 서로의 생각을 교류하려 애쓴다.

뭔가 이야기를 나누고 싶을 때 내가 주로 택하는 방법이 회식이다. 준비하고 예약하고 그런 정규 회식이 아니라 비정기적이며 '번개' 같은 회식을 하면서 솔직하게 이야기도 나누고, 응어리진 것이나 그럴 가능성이 있는 것들을 서로 털어버리는 것이다. (나는 그러자는 것이다. 과연 그들도 그러는지는 모르겠다.) 그런데 이 회식이 전과는 달리 점점 재미가 없다는 생각이 들기 시작했다. 불과 얼마 전만 해도 정말 재미있고 삶의 활력소가 되어주던 이 시간이 점점 힘들어지고 지루해지는 것이다. 끝나고 나면 허탈하기만 하고….

내 생각으로는 이젠 점점 내가 말하지 못할 것들이 많아지기 때문인 것 같다. 후배들이나 (그들을 제자보다 후배라고 여기는 것은 내가 아직 제자를 거둘 만큼 시간이 되지 않았다고 생각하기 때문일 것이다) 전공의들과 솔직하게 속내를 드러내고 어울리기 어려워진 것이다. 또 너무 지나친 모습을 단순한 농담으로 넌지시 지적하는 것만으로는 참아내기에 부족하고 점점 힘들어진 까닭이기도 한 것 같다.

나는 어느새 내가 해야 할 일만으로도 벅찰 정도의 신세가 되어버렸다. 남에게 신경 쓸 겨를이 없어진 것이다. 심지어 누군가의 조력이 필요하지 않을까 생각이 들 정도가 되었다.

비록 과거 내가 생활해 왔던 것과는 다르게 그들을 대해주고 싶었기에 지금도 그들이 '자발적으로' 나서 준다면 모를까 좀처럼 요구하는 말을 잘 하지 못하고 있다. 하지만 그들의 자발성은 정말 '가뭄에 콩 나는' 수준, 즉 '과학적으로 힘든' 사건보다 더 확률이 낮다. 이는 통계적으로도 유의미한 결과임을 잘 알 수 있다.

기다려야 하나, 그들의 인식에 어떤 금속 성분이 좀 들어 찰 때까지? 아니면 은발의 그녀, 메릴 스트립 같은 자세가 필요할까? 그런 카리스마와 독하고, 그리고 악질적인 권위가? 적어도 나는 그런 보스가 되지 않으려고 현재까지 노력 중이다. 심정적으로는 가끔 그러고 싶지 않은 적이 없었다고는 못 하지만….

휴우, 어느덧 프라다를 입을 때가 왔는지도 모르겠다. 이미 때늦은 감이 없진 않지만…. 그나 저나, 나에게 프라다가 있긴 하던가?

세게 하지 않으면 아플 리도 없다

세상에서 가장 안쓰러운 야구팬들을 꼽자면 한화, LG, 롯데 팬들을 들 수 있다. LG는 2023년에 마침내 한을 풀었고, 어쩌면 한화는 2025년 여한 없는 한 해를 보낼 가능성이 있다. 하지만 도저히 갱생의 여지가 없어 보이는 롯데에 대해서는 정말 '답이 없다'는 말이 정답이라고 본다. 그럼에도 지금까지 열성 팬들이 멸종하지 않고 남아 있는 것을 보면, 세상에는 참 끈질긴 사람들이 많다는 것을 느끼게 된다.

참고로, 나는 지난해 그토록 좋아하던 야구를 끊고 말았다. (비겁하게 들릴지 모르지만, 정신 건강을 위해서는 어쩔 수 없는 선택이었다.) 그럼에도 여전히 미련이 남아 야구 관련 방송이 나오면 자연스레 눈길이 가는 것을 피하기가 어렵다.

시간이 좀 지났는데, 2023년 한국시리즈에서 우승한 LG를 대표하는 두 명의 선수가 TV 프로그램 〈유 퀴즈 온 더 블럭〉에 출연한 방송을 시청한 기억이 있다. 방송에 나온 출연자는 젊은 투수한 명(나이가 30대니까 아주 어린 투수는 아니다)과 팀의 고참 야수 한 명이었다. 재치 있는 사회자의 유도와 패기 넘치는 투수는 단연 시청자의 관심을 끌었는데, 따라 나와 참관하던 그의 누나가 안절부절못하며 불안해하던 모습이 인상적이었다. 그 투수는 자신이 스승이자 아버지처럼 따르는 단장(그도 유명한 투수 출신이다)과 나누었던 에피소드를 자연스럽게 들려주었다. (전혀 겸연쩍어하거나 당황해하지도 않더라.)

단장 요즘 애들은 왜 이렇게 맨날 아프다고 하냐? 우리 때는 매일 던져도 끄떡없이 다 던졌구만.

임선수 아, 그거야 단장님이 세게 안 던지셨으니까 그런 거죠. 세게 던졌어봐요. 그게 안 아프겠나. 세게 안 던지셨으니까 매일 던지고 했던 거예요.

단장 …….

그렇다. 오래전에 유행하던 표현으로 말하자면 '앙팡 테리블(enfant terrible)'이었다. 방송을 보면서 내가 느낀 것은 이렇다. 내용이 무척 재미있었고, 이야기를 풀어내는 선수의 재치도 번뜩였다고 생각했지만, 결국 마음 한구석에는 씁쓸함이 남았다.

그래…. 너희 말이 옳다. 그게 그런 거겠지. 뭔가를 세게 해야 아프기도 하고, 그게 또 성장의 과정이기도 할 테니까.

이제 우리의 시간은 끝나 가고 있나 보다. 내 나름 치열하게 살아왔다고 믿던 우리의 세월은 어느새 빛바랜 역사책의 한두 페이지가 되어 가고 있다. 그래서인지 무섭게 자라 떠오르는 새로운 세대들이 보기에는 우리가 '더 이상 세게 던지고 있지 않은' 상태로 보이는 모양이다.

그렇다. 미래는 너희의 것이다. 이제는 그들, '무서운 아이'들 다시 말해 앙팡 테리블이라 불리는 그들의 시간이다.

Epilogue

2023년부터 2025년에 이르는 동안, 한국 의료계는 혼돈의 시기를 겪었다. 그리고 안타깝게도, 아직도 그 혼란에서 완전히 벗어나지는 못하고 있다.

이제 의료계의 이런 갈등의 구조는 '구세대'가 장악하고 있는 권력층의 부조리와, 그 속에서 신진들이 부딪히는 불합리한 제도로 귀결되고 있는 듯하다.

그렇다. 이 글의 마지막에서 말했듯, 이제는 젊은 그들의 시간이다.

그러나 꼭 한가지는 기억해주기 바란다.

의학과 의료라는 세계가 쌓아 올린 거대한 체계는 젊은이들이 바라보는 것보다 훨씬 더 깊고 긴 시간의 시행착오 끝에 만들어진 것이다. 무수히 많은 상처와, 때로는 지워지지 않는 역사의 오점이 존재하는 것 자체가 바로 그 증거다.

오늘 젊은 개혁가들이 바라보고 지향하는 방향으로 나아간다 하더라도, 그 길이 진정 의미를 갖기 위해서는, 그 반대편과 오래된 것들, 불편하지만 필요한 것들도 함께 살피고 끌어안는 노력이 반드시 뒤따라야 할 것이다.

세월의 무게

시간이 꽤 흘렀지만, 대학 졸업 25주년 재상봉 행사 때의 기억이
생생하다. 우리 대학은 전통적으로 졸업 25주년 행사를 크게 여는
데, 이때 50주년을 맞은 대선배님들도 재상봉 행사를 함께 하신다.
과거에는 50주년까지 생존하신 분이 드물었고 대부분 노쇠하셔서
참석자가 많지 않아 25주년 기념이 주된 행사였다고 한다.

그러나 우리 기수가 25주년을 맞아 참석한 이 행사에서 경험한
것은 달랐다. 50주년 선배님들의 건강과 활력은 후배들 못지 않게
넘쳐났고, 과연 우리보다 한 세대 위의 분들이 맞나 의심이 들 정
도였다. 대선배님들의 깊은 내공 앞에서 25주년인 우리는 적잖이
주눅이 들었고, 마치 기가 너덜거릴 정도로 빨리는 듯한 느낌까지

받았다. 이는 나만의 생각이 아니라 우리 동기 대부분이 공통적으로 느낀 바였다. 그분들은 연세에도 불구하고 재치와 여유가 넘쳤다. 그야말로 삶의 무게에서 우러나오는 카리스마였고, 충분히 존경스러울 만한 풍모였다.

게다가 우리는 어느새 25년 전 졸업 당시로 돌아간 듯한 기분이 들었다. 서로 세월의 흔적이 담긴 얼굴을 바라보면서도, 마음만큼은 졸업 무렵의 철없고 팽팽했던 젊은 모습으로 착각했기 때문이다. 젊은 기백(물론 치기였을 수도 있겠으나)을 되찾은 듯 한껏 마춰 상태였기에, 50주년 선배님들이 더욱 압도적으로 높아 보였는지도 모르겠다.

우리는 그렇게 다시 청년으로 돌아간 듯한 기분으로 아주 즐거운 시간을 보냈다. 오랜만에 의과대학을 찾아 한때 이곳에서 생활하던 시절의 모습을 떠올리며 서로의 추억을 되새기듯 끊임없이 이야기를 나누었다. 좁은 의대 공간은 우리의 수다로 왁자지껄하게 북새통이 되었다. 문득, 그런 우리를 보는 의대 재학생들은 '저 어른신들(혹은 노친네들)이 왜 저렇게 철이 없고 소란스러울까?' 하고 생각했을지도 모른다는 상상을 하니 절로 웃음이 났다.

우리는 그렇게 잠시 현실과 거리를 두고, 한동안 행복감에 흠뻑 젖어 있었다. 25주년 행사를 계기로 의기투합하여 제주도로 여행을 떠난 친구들의 이야기는 더욱 대단했다. 요즘 한국의 여러 상황이 마음에 걸려 준비 과정에서는 주저하기도 했다지만, 막상 여행을 떠나고 나니 아주 행복한 시간을 보냈다고 한다. SNS에 가득한 글들을 보면, 그들은 스스로를 마냥 '즐거운 청춘'으로 완벽하게 포장해낸 듯했다. 학생 때는 입지도 않던 과티나 과잠을 걸치고 제주도를 누비고 다니는가 하면, 나이를 잊고 밤새 술을 푸는 만행(?)까지 서슴지 않았다고 한다. 아무튼 그들은 짧은 순간마저 알차고 즐겁게 보냈다. 나는 비록 함께하지는 못했지만, 이쯤 되면 '안 봐도 비디오'(옛날 사람들의 표현)다.

나는 사소하고 쓰잘데기 없는 일들에 연루되는 바람에, 그들이 한껏 고조된 분위기를 몰고 온 사은회 저녁 식사 시간에야 겨우 합류할 수 있었다. 점점 알코올이 적절한 촉매 역할을 하면서, 나는 금세 그들과 자연스럽게 융화되었다. 달리 동기라 하겠는가. 어렸던 시절의 어설픔과 허세까지 서로 속속들이 알고 있는 우리가 서로에게 솔직하지 않을 수 있겠는가.

은사님들을 모시고 식사를 하며 한껏 웃고 떠들다 보니, 우리는 25년 전 마지막으로 만났던 그날의 기억을 떠올리고 있었다. 긴 세월이 마치 어제 일처럼 느껴지는 순간이었다. 25년이라는 시간이 통째로 압축되어, 바로 오늘에 되살아난 듯한 기분이었다. 우리의 기억은 낡은 공책의 모서리처럼 해지고 허술했으며, 때로는 기억의 아귀가 맞지 않는 부분도 있었지만, 서로 말을 맞춰가며 마침내 옛 추억의 퍼즐을 완성해 나갔다.

어쩌면 내가 학생 시절 청송대에서 22명의 대규모 사다리 미팅을 주최했던 것이 가장 잘한 일인지도 모르겠다. 나를 만나는 사람마다 그때 그 사건에 대해 언급하는 것을 보면 확실히 알 수 있다. 게다가 그날 맺어준(?) 인연 덕분에 결혼까지 한 증인이 '떠억' 나타났으니 말이다. 밤새 이야기해도 끝날 것 같지 않은 추억과 아련한 젊음의 향기는 우리 모두를 그 옛날 푸르던 오월의 신촌으로 이끌었고, 피 말리던 중압감의 학업과 젊은 날의 고뇌로 가득했던 바로 그 시절을 다시 일깨워 주었다.

밤이 지나고 재상봉 행사의 절정인 토요일 아침 우리는 교정에 다시 모였다. 학교에 다닐 때는 한 번도 가보지도 못했던 총장 공관에서 식사를 한 뒤, 지금은 공사판이 되어버린 백양로를 걸어 노천극장으로 향했다. 오전 행사 중 둘러보았던 낡은 기숙사는 그날을 마지막으로 허물어지고, 그 자리에 현대식 기숙사가 새로 지어진다고 했다.

로비 소파에 널브러져 주말 야구 중계를 보며 세탁기에 아무렇게나 처박아둔 빨래가 다 되길 기다리던 시간, 야밤에 날티 나는 하얀 롱코트를 펄럭이던 '주윤발'들이 〈영웅본색〉을 찍으러 나이트클럽으로 향하는 모습을 부러운 눈길로 바라보던 시간, 기숙사 옥상에 모여 구멍가게 '총각상회'에서 사온 새우깡에 안주 삼아 술잔을 기울이던 하릴없는 청춘의 순간들까지—그 옛날의 단편들이 주마등처럼 눈앞을 스쳐 지나갔다.

내가 그곳에서 의과대학 생활의 거의 전부라 할 시간을 보냈다.

그런데 이제 이 모든 것이 사라지고 기어이 전설처럼 남게 되리라는 사실에 마음 한구석이 묵직하게 아려옴을 느꼈다.

어디 낡은 기숙사뿐이랴. 우리 모두 잘 알고 있듯, 이 시간이 지나면 우리는 다시 만나지 못한 채 각자의 25년을 보내고, 훗날 우리와 함께 자리를 빛내주신 50주년 선배님들과 같은 모습으로 또다시 이 자리에 서게 될 것이다. 어쩌면 우리 중 누군가는 영원히 다시 보지 못할 수도 있다. 지금 우리 눈앞에서 무너지는 것은 기숙사만이 아니라, 우리의 현재와 추억 전체일지도 모른다.

SNS를 뜨겁게 달구던 우리의 이야기가 서서히 사그라드는 모닥불처럼 힘겨워지는 것은, 우리 모두 이러한 세월의 섭리를 이미 잘 알고 있기 때문일 것이다. 한동안 단조로운 삶에 신선한 자극을 주었고, 청춘의 그날처럼 달뜨게 했던 파티와 재상봉의 기대감, 그리고 25년의 단절에서 오는 묘한 설렘. 그러나 그 뒤에는 기다림의 시간만큼이나 길고 무거운 또 다른 단절이 예정되어 있기 때문이다.

우리는 그렇게 헤어졌다. 동기회 밴드에는 여전히 여운이 남아있고, 소그룹으로 만나자는 제안과 그것을 실행하려는 약속이 난무하지만, 우리는 아마도 이렇게 헤어진 뒤 또 한 세월을 보낸 다음에야 다시 오늘을 떠올릴 수 있을 것이다.

세월은 그렇게 다시 흘러갈 것이다. 겨우 맞춰놓은 우리의 이야기가 또다시 허술해지고 아귀가 맞지 않게 되는 그 순간까지 세월은 우리를 쉬지 않고 데려갈 것이다. 나이 들고 쇠약해진 후에도 오늘처럼 뜨거울 수 있을까? 25년을 단숨에 뛰어넘었던 우리의 감미로운 '퇴행'이 또다시 우리를 이 시간으로 데려올 수 있을까? 행사를 치르고 난 뒤 반가움과 아쉬움, 그리고 말로 표현하기 어려운 아린 감정을 느끼고 나니, 왜 하필이면 25주년에 재상봉을 하는지 그 이유를 어렴풋이 알 것 같았다.

'적당한 나이'가 된 것이리라. 적당히 나이 들어 과거가 그리워지고, 아울러 되돌아볼 용기가 조금은 생기는 그런 나이란 거지. 그리고 이쯤 되면 어렵사리 만났다 다시 헤어지고도 그 후유증을 추스를 마음의 여유도 조금은 생길 테니까. 하루의 해가 지고 나면 우리는 다시 일상으로 돌아가야 한다. 아무 일도 없었던 것처럼 늘 내가 있던 그 자리로. 25주년이 안배했던 그 소중한 인연의 날들은 마음 깊은 곳에 고이 갈무리한 채로 말이다.

세월은 그렇게 흘러갈 것이다. 유유히 흐르는 대하처럼 무겁고도 깊게. 우리가 다시 만나지 못할지라도, 그 흐름을 멈추지 않은 채, 세월은 그 무게를 유지한 채 영원히 흘러갈 것이다.

생각을 담는 말

"외교관이 '그렇습니다'라고 말한다면 그건 '고려해 보죠'라는 의미다. '고려해 보죠'라고 말하는 건 '안 됩니다'라는 의미이다. 하지만 '안됩니다'라고 말하는 자는 외교관이 아니다."

- 샤를모리스 드 탈레랑페리고르(프랑스왕국 초대 총리)

외교적 수사(外交的 修辭, Diplomatic rhetoric)라고 불리는 이 어법에는 돌려 말하기, 점잖은 표현, 격식 있는 단어 선택, 패러프레이징(paraphrasing, 어휘 변용, 바꾸어 표현하기), 정치적으로 올바른 표현(political correctness) 사용하기 등이 포함된다. 그러나 그중에서도 가장 핵심적인 요소는 모호함과 직설성의 절묘한 조화라고 한다.

이 독특한 수사법의 예를 들어보면 다음과 같다.

* 그 결정을 존중한다: 마음에 안 든다. 유감스럽다.

* 유감스럽다: 진짜 마음에 안 든다. (혹은) 좀 미안하다(사과할 때).

* 서로 솔직한 의견 교환을 했다: 서로 생각이 너무 다르다.

* 조건만 된다면 그렇게 하겠다: 그럴 생각이 전혀 없다.

* 상당한 합의를 이루었다: 합의가 끝나지 않았다.

* 다양한 옵션을 고려하고 있다: 딱히 할 수 있는 게 없다.

* 논평할 가치가 없다: 우리는 관심 없고, 중요하게 생각하지도 않는다.

참으로 난해하고 '빌어먹을' 논리다. 말을 꼭 이렇게 어렵게 해야 하는가? 이 대목에서 예전에 읽었던 김훈 작가의 《남한산성》 속 내용이 떠올랐다. 신생국 청나라의 젊은 왕이 신하들에게, 좁디좁은 산성에 틀어박혀 버티는 조선 왕에게 보낼 항복하라는 '협박 문서'를 쓰라고 명한다. 그런데 처음 써온 친서를 읽은 왕은 노발대발하며 "당장 이 글을 쓴 놈의 목을 베라!"라고 명하는데 글을 '요사스럽게' 썼다는 것이 그 이유였다. 짐작건대, 지금 우리가 살펴본 이런 외교적 화법과 크게 다르지 않았을 것이다.

하지만, 생각하기에 따라 요사스럽고, 참 XX 같기도 한 이 논지는, 원래는 지나친 자극을 피하고 자신의 속내를 어느 정도 드러내면서도 상대가 모욕으로 받아들이지 않도록 하여 불필요한 전쟁을 막으려는 좋은 의도에서 비롯된 것이라고 한다.

출발부터 악의를 가진 것이 어디 있으랴만, 아무리 생각해도 외교관처럼 이런 빌어먹을 소리나 하며 살아야 한다면 그 직종도 그리 좋은 것은 아니라고 생각한다.

내가 좋아하는 한국 영화들 중에는 해외에서도 흥행에 성공한 작품들이 꽤 있다. 이런 영화들의 공통점 중 하나는 내 취향에 딱 들어맞는 절묘한 유머가 있다는 것이다. 영화가 다루는 주제가 무겁든 가볍든 상관없이 말이다.

그런데 늘 궁금했던 한 가지는, 이런 절묘한 유머를 번역할 때는 어떻게 처리할까? 예를 들어 영화 〈극한직업〉의 대사 중, 늘 '반장'에서 승진하지 못한 주인공에게 그의 아내가 이렇게 말한다.

"난 요즘 중국집도 안 가. 왜? 두반장 싫으니까."

그 와중에 딸이 뛰어들어와, "엄마! 나 반장 됐어!"라고 외친다. 그러자 (주인공인) 반장의 아내는 거의 히스테리에 가까운 목소리로 칼로 도마를 내려치며 소리친다.

"반장! 반장! 반장! 그런 거 하지 마!"

한국어로는 아주 명확하게 와 닿는 이 웃음 포인트의 대사를 영어, 혹은 다른 언어로는 대체 어떻게 번역할까?

내가 어릴 적, 영어 자막이 나오는 역사극을 보다가 킬킬대며 재미있어 했던 기억이 있다. 그 장면은 신하들이 죄다 엎드려서 임금에게 사례하는 것이었다. 한국인이라면 누구나 아는 대사로

"전하, 성은이 망극하옵니다"가 있다. 이 대사가 번역된 것을 보고 나는 너무도 어이없어 빵 터져버렸다. 번역된 대사는 이랬다.

"Thank you."

당시에는 이토록 성의 없는 번역이 있나 싶어 욕이 나올 뻔했지만 곰곰 생각해 보니 달리 떠오르는 적절한 말이 없지 않은가?

반대로, 내가 기억하는 절묘한 번역의 최고봉은 〈슈렉〉의 첫 장면이다. 악역을 담당한 왕이 사는 나라는 'Kingdom Far Far Away'였는데, 번역가는 이 나라를 '겁나 먼 왕국'이라고 번역했다.

나는 이런 표현을 바로 번역의 정수라고 본다. 언어가 가진 의미를 제대로 전달하는 동시에 원문이 전달하고자 하는 미묘한 유머까지 함께 담아내는 것이야말로 '역작'이라고 생각한다. 이렇게 완성도 높은 번역은 독자가 행간을 따로 고민하지 않고도 품위와 재치가 살아있는 글과 대사가 된다.

이렇듯, 굳이 미사여구나 은유(metaphor)를 많이 사용하지 않고도, 또 비비 꼬아 돌려 말하지 않고도 분명하고 매너 있게, 그러면서도 유머를 놓치지 않는 의사 전달이 가능하다고 나는 확신한다.

예전부터 내가 품어온 불만이 있다면 우리 대학 사람들은 왜 말을 이렇게 이상하게, '꽈서' 할까 하는 것이었다. 의과대학도 마찬가지였지만, 학생 시절 '연세문화상'을 받고 총장공관에서 차를 마시며 본교의 높은 양반들과 담소를 나누던 기억이 있다. 그때도 그분들이 나나 다른 분야 수상자인 학생들 앞에서조차 좀처럼 직설적으로 말하지 않고, 은근히 비틀고 빙빙 돌려 말하는 게 너무도 궁금했다.

의사가 된 후에는 교수님들이 "A"라고 말씀하신 것이 "A+", "A-" 심지어 전혀 동떨어진 "X"와 같은 의미가 아닐까 심사숙고해야 봉변을 당하지 않는다는 것을 깨달을 수 있었다. 참, 그놈의 행간의 의미란 것이 사람 복장 뒤집는 일을 수도 없이 겪었다.

예전부터 내 부친께서도 "세브란스 출신들은 이상한 특징이 있어서, 말을 솔직하게 하지 않고 모두 너무 꽈서 한다"라고 하셨다. 그러면서 그런 것은 배우지 말라고 당부하시며 늘 경계를 시키셨다. 어릴 적부터 줄곧 들어왔기에 '나는 그러지 말자'고 다짐했지만 나 역시 어쩔 수 없는지 비슷하게 물들어가는 것 같다.

나는 스스로 솔직하게 있는 그대로 직설적으로 표현하는 편이라고 생각한다. (숨기려 해도 얼굴에 다 드러나니까 어쩔 수 없는 면도 있겠다.) 하지만 경우에 따라서는 말을 제대로 하지 못할 때도 많다. 점점 더 현명해지는 건 고사하고, 말에 생각마저 온전히 담아내지 못하는 것 같아 답답한 이 심경을 어떻게 해야 할지 모르겠다.

이쯤에서 다시 언어 수련을 좀 쌓아야 하는 것은 아닐까 싶다. 마치 무협지의 한 장면처럼 내공이 높은 정통 문파의 고수들이 스스로 폐관수련(閉關修鍊)에 들어가듯이 말이다. 정녕 주화입마(走化入魔, 어떤 일에 지나치게 열중하여 잘못된 길로 들어섬을 이르는 말)에 빠지지 않으려면 말이다.

삶의 길

(내가 출간한 다른 책에서 거론한 바 있음.) 우리의 선조라 할 수 있는 단세포 생명체는 무한의 역경과 위험을 이겨내고 오늘날의 생명으로 이어졌다. 태고에 탄생한 무수히 많은 생명체 중 살아남은 단세포 생물은 모든 경우의 수를 회피하고 방어했기에 가능했던 일이다. 그런 까닭에 우리는 위험을 본능적으로 회피하며 방어하려 든다. 자신에게 가장 편안하고 맛있는 것, 아름다운 것에 끌리는 것 또한 우리의 원초적 생명 DNA가 남긴 흔적이다. 결국 사람을 움직이는 근원은 본능이다.

아무리 이성이 발달하고 많은 수행을 쌓은 사람이라 해도, 자신의 생명에 위해가 된다고 느끼면 비겁함을 따지기에 앞서 먼저 회피하고 방어하며, 끝내 적개심을 드러낸다. 우리가 아는 한, 이성이 주도하는 시간은 그리 길지 않다. 역경을 이겨내면 더 발전한다는 말도 있다. 그 말은 … 맞다. 그러나 우선 살아남아야 한다. 그런 다음에야 발전이든 무엇이든 가능하다.

며칠 전, 우연히 한 TV 채널에서 영화 〈남한산성〉을 다시 보게 되었다. 처음 이 영화를 보았을 때의 기억을 되짚어보면 그땐 정말 화가 났다. 나라의 중신이라는 자들의 한심한 작태와 비겁하기 짝이 없는 왕의 모습, 속절없이 당하기만 하는 민중의 처지는 내가 기억하는 70~80년대의 암울함과 오버랩되어 마음이 불편해 끝까지 보기도 어려웠다. (영화는 책으로 읽을 때보다 훨씬 압도적으로 다가왔다.)

시간이 지나고 세월이 흐른 후 다시 본 이 영화는 처음과 달리 그렇게 슬플 수가 없었다. 비감한 논지를 지닌 최명길과 김상헌은 각자 자신의 신념과 양심에 추호의 흔들림 없이 움직였다. 마음속에 서로 반대되는 상호간의 의견을 깊이 존중하면서도, 결국 필연처럼 서로 물고뜯을 수밖에 없었다. 그 와중에도 품위와 서사를 잃지 않았다니….

영화는 그 느낌을 전달하기 위해 배우들의 잡티 하나까지 보일 만큼 선명한 촬영 기법을 사용했다. 읊조리는 듯한 그들의 대사는 결코 높은 음역대에 오르지 않음에도 처절한 외침으로 다가오는 것 같았다. 내게는 그게 더 슬픔으로 와 닿았다. 이미 알고 있는 역

사의 내용이지만, 만고의 역적이라고 불릴 위험을 잘 알고 있음에
도 최명길은 삶의 길을 가자 하고, 기개 높은, 그리고 어떠한 위협
에도 굴하지 않는 진정한 선비 김상헌은 그 굴욕의 길이 정녕 삶
의 길이 맞느냐고 반문한다.

조근조근한 그들의 대사 하나하나가 내게는 진정 처절한 외침
으로 들렸다. 다시 본 영화에서, 예전에는 비겁하게만 보이던, 결
정 곤란를 겪는 우유부단한 왕의 모습마저 처연하게 다가왔다. 물
론 이 모든 것이 뛰어난 배우들의 연기가 만들어낸 감정일 수도
있다.

지금 내가 처한 상황은 점차 악화되고 있다. 호기롭게 나서는
사람들은 각자의 자리, 혹은 자신들의 장기(長技)인 매체를 통해
양극단에서 외침을 이어가고 있다. 그들 대부분은 분명 자신이 가
장 옳다고 확신하는 듯하다. 서로를 최대의 적으로 보고 있는 것
이 분명하다. 그러나 한 가지는 기억해야 한다. 상대를 악마화하면
결국 누구든 한쪽이 죽어야만 일이 끝난다.

이런 시점에 의과대학 교수로서 목소리를 내지 않는다는 비난
을 받을 수도 있다. 실제로 우리 대학의 많은 교수들은 거의 전선
에 나선 모습이다. 그들의 눈에는 내가 진정으로 비겁하게 보일지
도 모른다. 그러나 내가 자리를 묵묵히 지키고 있는 이유는 나에
게 굳건한 의지나 철학이 없어서가 아니다. 비합리적인 것에 맞설
용기가 없어서도 아니다. 말을 하지 않는 이유가 어느 한쪽을 지

지하고 찬성하기 때문은 더더욱 아니다. 단지, 이 일이 너무 큰 상처를 남기지 않고 마무리되길, 그리고 멀지 않은 시간 안에 원래의 기능을 회복하길 바라는 마음뿐이다.

오늘 이 시간, 처절한 삶을 살며 서로 극단의 철학으로 무한 대치해야만 했던 우리 선조들을 떠올려 본다. 결국 옳고 그름으로만 가를 수 없는 그들의 숭고한 경지와, 대립 중에도 서로를 존중하던 그 모습을 다시 기억하려고 한다.

우리의 삶은, 그리고 그 길은 지금 세상을 지배하고 뒤흔드는 이 따위 단순한 논리로 설명될 만큼 하찮은 것이 아니다.

Epilogue

세상은 언제나 서로 다른 의견들이 반목하며, 팽팽한 긴장 속에서 지금까지 이어져 왔다. 세계 어느 나라를 보아도 크게 다르지 않다.

그러나 우리 같은 '평범한' 사람들이 생각하기에는, 세상에 진리라는 것이 정말 존재한다면, 어떻게 양 극단의 논리들이 저마다 옳다고 맞서고 있는지 이 현상에 대해 도무지 이해할 길이 없다. 게다가 서로 상대방을 '절대악'이라 규정하며 적대하는 모습을 어떻게 해석하고 받아들여야 하는지도 난감할 뿐이다.

'너도 옳고 나도 옳다' 혹은 '둘 다 틀렸다'라는 결론만큼 비겁한 논리도 없다고들 말한다.

하지만 나처럼 평범하고, 또 사회에서 나름대로 '제대로 된' 교육을 받은 사람의 눈에는, 결국 그 비겁함조차 너도 살고 나도 사는(우리가 함께 살아가기 위한) 최소한의 방식이 아닐까 하는 생각이 든다.

'비겁해도 어쩔 수 없이' 말이다.

시험 문제

한창 '아카데믹'이라고 불리는 기운이 철철 넘치던 시절에(일반적으로 외과에서는 전문의를 막 따고 얼마 되지 않은 시기를 말한다. 전공의 시절에는 공부와 담을 쌓고 지내다가, 자신의 미숙함과 무식함을 뼈저리게 느끼며 전문의 공부를 하는 불과 몇 달 동안 벼락치기로 쌓아 올린, 지금 생각하면 그냥 한 무더기도 채 되지 않는, 허술한 지식을 장착했을 뿐인데도, 이 시기에는 모든 작자들이 죄다 자신이 가장 아카데믹하다는 어처구니없는 착각을 하고 살기 마련이다), 나 역시 누구나 그러하듯 상당한 사명감으로 무장하고 있었다.

당시 병원 보직에 학회 일까지 맡아 하루가 멀다 하고 바쁘시던 스승님은 어느 날, "항석아, 본과 4학년 시험 문제 좀 내 보거라. 단답형과 서술형 반반씩 10문제다. 내가 너무 정신이 없어서 말이지"라고 명령을 내리셨다. 나는 스승님이 아무리 바쁘셔도 이런 일을 아랫사람에게 맡기신 적이 없다는 걸 잘 알고 있었다. 그러니 얼마나 사명감에 불타올랐겠는가! 게다가 '기운이 철철 넘치던 시절'이니, 내가 어떤 각오로 시험 문제를 출제했을지는 가히 짐작이 가지 않는가?

나는 온 힘을 쏟아 10문제를 만들어 스승님께 드렸다. 내가 낸 문제였지만 아무리 생각해도 근사하게 잘 뽑았다고 자부하고 있었다. 그러고 나서 그 다음다음 날, 스승님께서 날 찾으셨다. 하루에도 한두 번 이상은 부르시기에, 대수롭지 않게 생각하고 교수실로 찾아 갔더니, 스승님은 화가 잔뜩 난 상태였다.

"야, 이 놈아! 이걸 문제라고 냈어, 응? 이게 뭐냐!"

순간 나는 당황스러웠다. 내가 정성을 다해 만든 그 멋진 문제들에 무슨 '문제'가 있다고는 전혀 생각하지 않았던 까닭에, 스승님의 칭찬 말씀은 고사하고 이렇게 예상치 못한 반응을 보이시는 것에 대해 도무지 이해할 수 없었다. 포커페이스와는 거리가 먼 탓에 내 심정은 얼굴에 그대로 드러났고, 눈치 백단인 스승님께서 이를 못 알아보실 리 없었다.

"야, 장항석이! 너 지금 네가 뭘 잘못했는지 전혀 감이 안 오지?"

"제가… 출제한 문제에 무, 무슨 '문제'라도…?"

스승님이 문장 안의 중복 어휘를 지극히 싫어하신다는 것을 잘 알면서도, 그 이상 표현할 방법이 없었다.

"너 인마! 지금 이 문제가 몇 학년 문제라고 냈다고?"

"말씀하신 대로 본과 4학년…."

"이놈이 그래도 따박따박 말대답을! 너 인마! 너 본과 4학년 때 이런 문제 풀 수 있었어, 없었어?"

'아! 이것이구나!'

나는 그제야 잘못된 포인트가 무엇인지 깨달을 수 있었다.

"아…."

말문이 막혔다.

"이놈이 이제야 깨달은 모양이네? 너 인마, 이건 틀리라고 낸 문제야! 아주 악질적이지!"

그 말씀은 좀 억울했다. 나는 문제를 고급스럽게 낸 것이지, 일부러 틀리라고 비꼬아 내지는 않았기 때문이다.

"저, 저는 문제를 꽈서 내지는… 그러니까 제 의도가…."

"알아, 이놈아! 너무 어렵단 말이잖아! 이건 전문의 시험에 내도 맞히기 쉽지 않겠다!"

스승님은 그 자리에서 프린트해 드린 문제지에 벅벅 줄을 그어 빗살무늬 토기의 문양을 만드신 후, 휘리릭 볼펜을 휘둘러 순식간에 10문제를 새로 만들어 내게 던지셨다.

"이렇게 내서 교학과에 갖다 줘! 이런 게 정말 문제라는 거야! 네가 가르친 만큼 테스트를 해야지!"

나는 그 문제들을 받아 들고도, 정작 교훈은 와닿지 않았다. 스 승님의 문제는 너무 쉬워서, 소위 '변별력이 없다'고 생각했기 때문이다. 애들이 초등학생이 아니고, 다른 대학이라면 대학원생 수준일 텐데, 읽기만 해도 답이 나오는 문제라니. 게다가 그 문제들은 내가 학생 때 '족보(의대의 기출 문제집을 일컫는 전문 용어)'에서 수없이 보아 익숙한 전형적 문제였다.

이후 스승님은 시험 문제 출제 이야기가 나올 때마다 나를 힐 끗 보며, "여기 문제를 아주 예술로 내는 작자가 한 명 있는데…" 라고 말씀하곤 하셨다. 나는 강의는 물론 테스트 문제까지 '예술' 이어야 한다고 지금까지도 믿는 사람이다.

내가 처음 교수가 되어 C 의과대학에 있을 때의 일이다. 그 대학의 첫 입학생들이 본과 2학년이 되어 외과 시험을 보던 날을 잊을 수 없다. 시험이 끝나갈 무렵, 분명 문제를 다 푼 것 같은데도 아이들이 누구 하나 나가지 않고 꾸물거리고 있었다. 알고 보니 모두 자신들의 답안을 베끼는 중이었다. 선배가 없는 1회 입학생들이 후배들을 위해 시험 문제를 남기려는 '눈물겨운 노력'의 일환이었다.

그 모습을 보고 짠한 마음과 더불어 꼭 알려주어야겠다는 의무감이 들어 그들에게 다정하게 한마디 조언을 건넸다.

"너희들이 왜 이러는지는 잘 알겠는데…, 외과는 문제 안 베껴도 돼."

그들은 모두 눈이 동그래지며 거의 환희에 가까운 기대에 차 있었다. (아마도 내가 문제를 다 주겠다는 말로 알아들은 듯했다.) 그러나 한국 사람 말은 끝까지 들어야 한다.

"지금 본 시험 문제는 나중에 내가 다 줄 거야. 하지만 외과는 내가 교수로 있는 한 절대로 족보 안 탈 거다."

그들의 한숨, 원망, 투덜거림이 바로 전달됐지만, 내 생각은 확고했다. 그것은 그들에 대한 예의가 아니었다. 최고 수준의 공부를 하는 그들에게 겨우 족보나 보게 한다는 것은 의욕 넘치는 젊은 교수로서 할 짓이 아니라고 나는 굳게 믿고 있었기 때문이다.

시간이 흘러 20년도 더 지난 지금도 나는 그들과의 약속을 지키고 있다. 문제는 늘 '고급스럽게' 내고 있으며, 단 한 번도 같은 문제를 낸 적이 없다. 이런 훌륭한 인재들을 대하려면, 선생도 그만한 노력은 해야 한다고 믿기 때문이다.

Epilogue

이 내용을 누구보다 잘 알고 있는 내 동생은 늘 이렇게 말한다.

"내가 형 밑에서 대학 안 다닌 게 천만다행이야."

Excellency

대학에 입학한 뒤 절친으로 지낸, 한 시대를 풍미했던 뛰어난 가수 친구가 한 명 있다. 그는 말 그대로 음악의 천재였다. 1980년대 중반, 우리의 주 무대였던 신촌에는 라이브 카페가 꽤 많았다. 노래를 부르거나 악기를 연주하고 싶은 사람은 누구나 나와 자유롭게 놀 수 있는 시설을 갖춘 곳이었다. 그곳에 가면 우리는 늘 그에게 노래를 하라고 '강요'하곤 했다.

하루는 내가, "○○야, 노래 한 곡 해라. 근데, 맨날 방송에 나오는 노래 말고 새로 지은 거 없어?"라고 묻자, 그는 "응, 하나 해볼까?" 하며 일어나 나가더니 기타를 들고 한 번도 들어본 적 없는 멋지고 훌륭한 노래를 불렀다. 듣고 있던 우리는 모두 놀라, "아니,

이건 언제 지은 거야? 새 음반 준비하고 있는 거야?"라며 호들갑을 떨었다. 그러자 그는 무덤덤한 표정으로 말했다.

"아니, 그냥…. 지금 짓고 있잖아…."

그 자리에 있던 우리는 그의 출중한 능력에 다시 한번 놀랐다.

그는 그리 편하게 학교를 다니지는 못했다. 나는 학교 생활에 적응하지 못하고 공부도 힘들어하는 그의 모습이 늘 안타까웠다. 그러다 그는 우연히 뜻이 맞는 좋은 친구들을 만나 그룹을 결성했고, 노래 하고 악기를 다루며 TV에도 출연하게 되었다. 밝은 모습을 되찾은 그는 오히려 학교 생활도 전보다 편하고 수월하게 해 나갔다.

라이브 카페에서 우리를 놀라게 한 그 장면은 그가 데뷔를 한 이후의 일이다. 나는 그런 그를, '괜히 의대 와서 고생하는 친구'라고 놀리곤 했다. 의대에 오지 말고 그냥 바로 그 길로 갔더라면 지금보다 훨씬 더 빨리 성공했을 것이고, 더 행복했을지도 모른다고 말이다.

또 하나, 벌써 10여 년 전의 일이다. 당시 막 조교수가 된 나에게 학장님께서 전화를 하셨다. 사실 학장님은 너무나 유명한 분이고 저 멀리 하늘에 뜬 별과 같은 존재여서, 전화를 받았을 때 얼마나 당황했는지 모른다. 그런 나에게 학장님은 단도직입으로 물으셨다. 지금 두 명의 주임 교수 후보 중 한 명을 결정해야 하는데,

내 의견은 어떠냐고 말이다.

'이런 무슨 말도 안 되는…'

그 말이 목구멍까지 올라왔지만, 그 짧은 순간에 나는 나름 절묘한 답을 찾아냈다.

"만약 누군가 주임 교수가 되신다면, 그분은 우리가 더 공부하고 더 열심히 일하도록 독려해야 하지 않겠습니까? 그렇다면 그에 합당한 퍼포먼스(performance)를 보이시는 분이어야 저희가 따르기 쉽지 않을까요?"

지금 생각해도 어떻게 그런 말을 생각해 냈는지 스스로 대견하기만 하다. 그때 학장님은 크게 웃으시더니, 전화기 너머로 "이렇게 분명하고도 확고한 대답을 이렇게 절묘하게 한 건 자네가 처음일세"라는 말을 남기고 통화는 끝났다. 나는 한참이나 그 '절묘함'에 스스로 취해 있었다.

오늘 문득 이런 생각이 들었다. 우리는 (특히 의과대학 내에서는) 종종 탁월성(Excellency)이라는 것을 단순히 '업무의 뛰어남'으로만 해석하는 우를 범하기 쉬운 것 같다. 나만 해도 의학적 탁월성(Medical Excellency)이 곧 그 사람의 역량이고 가치라고만 믿어 온 것 같다. 외과에서는 무조건 수술을 잘해야 하고, 다른 분야에서도 얼마나 환자를 잘 치료하고 많은 학술적 성취를 이루는지가 평가의 척도라는 이 믿음은, 어쩌면 단 한 면만을 보는 가치 평가의 오류일지도 모른다. 사람들이 가진 능력은 너무 천차만별이다. 그럼에도 오로지 한 가지 잣대(scope)로 평가하는 것이 과연 옳을까?

요즘은 의과대학에서도 의학적 능력 하나만으로는 충분하지 않은 시대가 된 듯하다. 전공이 달라도, 의학적 역량이 아주 뛰어나지 않아도, 각자가 쓰일 곳이 있고 그 능력이 때로는 더 가치 있게 빛날 수도 있다. 따라서 우리는 더 이상 좁은 틀에 스스로를 가두어서는 안 된다. 그게 바로 발전의 첫걸음일 것이다.

Epilogue

그러나 나는 여전히 내 후배들에게, 그리고 제자들에게 이렇게 가르친다.

"네가 외과의사라면 일단 수술을 잘해야 해. 그외의 것은 언제나 그 다음이야."

외과의사의 기본은 수술을 잘하는 것이다.

영화 〈범죄와의 전쟁: 나쁜놈들 전성시대〉에도 나오지 않던가?

"학생은 공부를 해야 학생이고, 건달은 싸워야 할 때 싸워야 건달입니더."

그렇다. 외과의사는 칼을 잡고 수술을 잘해야 외과의사인 것이다. 다른 것은 일단 이 기본을 충실히 갖추고 난 다음에 따져야 한다.

가라오케 가수

나는 타고난 음치다. 어머니 말씀으로는 어릴 적부터 애국가를 제대로 부르는 모습을 한 번도 본 적이 없다고 한다. (아마 요즘 주목받는 정당에 입당하면 오히려 환영받을지도 모르겠다.) 악보를 볼 수 있도록 가르치려다 넌덜머리가 나신 어머니께서는 동네 피아노 학원으로 나를 '송치'하셨고, 이후 나의 국민학교 4학년 시절은 우울과 쪽팔림(학원에 여자애들밖에 없었다), 아무튼 괴로운 시간의 연속이었다. 결국 (고의적으로) 여학생 한 명과 치고받고 싸운 후 그곳에서 쫓겨날 때까지 나는 피아노 학원 선생님의 두통의 근원이었다. (변명을 하자면 여자애랑 싸운 게 아니라 거의 두세 체급 위의 선수와 경기를 치른 것과 같았다. 나는 약한 여자애나 괴롭히는 비겁한 놈이 '절대로' 아니었다. 싸움을 시작하고 거의 일

방적으로 당했으니까.)

그럼 왜 쫓겨났냐고? 피아노 학원에 다니기 위한 기본 자세는 숙제로 내준 부분을 '성실히' 연습해 가는 것이고, 선생님께서 피곤하지 않도록 뭐든 한 번 알려주시면 적어도 두세 가지는 터득해야 한다. 그리고 혼자 여자애들 속에 있어도 잘 어울리며 공기놀이나 소꿉놀이에도 능해야 한다. 하지만 나는 그 어떤 것에도 능하지 못했다.

선생님이 숙제를 내주면 음표마다 손가락 번호를 달아 모조리 외워 버렸고, 악보를 보지 않은 채 숫자만 보고 건반을 두들겼다. 선생님은 이 대목에서 의아하게 생각했다. 음은 따라가는 것 같은데, 어쩜 이렇게까지 박자를 못 맞출 수 있는가? 결국 나의 교활한 술수를 눈치챈 선생님은 곧장 '엄마에게 일렀다'. (치사하게시리!) 이런 사연들이 축적되자, 어머니는 나의 음악성을 포기하기에 이르렀다.

솔직히 말하면 나는 지금도 악보를 읽을 줄 모른다. 가끔 드라마나 영화에서 멋지게 건반을 두드리며 노래하는 '폼 나는' 사람들을 보면, 그때 좀 제대로 배워둘 걸 하는 후회감이 밀려올 때가 있다. 그러나 나는 내 능력치를 그 누구보다 잘 알고 있다. 잠깐의 후회는 잠시의 감흥일 뿐이다.

대학에 입학하면 MT다 뭐다 몰려다니는 자리에서 기타 하나쯤은 등장해야 하고, 〈알함브라의 추억〉이나 아니면 하다 못해 '김

세환급'의 반주는 곁들여야 한다. 거기에 노래 한 곡쯤 뽑는 건 기본 매너다. 하지만 어쩌랴. 내가 입을 여는 순간 확 깨는 '숙취 해소 음료급'인 것을.

그런데 내 동기들 중에는 내가 노래를 아주 잘하는 사람으로 기억하는 친구들이 꽤 있다. 이게 무슨 일인가? 음치라며?

이 모든 건 내 친구 정○○의 하해와 같은 은혜 덕분이다. 사연인즉, 입학해서 처음 만난 이 친구는 재주를 갖춘 팔방미인이었다. 목소리도 좋고 연주도 잘하고 곡도 잘 짓는 등 음악적 재능이 매우 탁월했다. 늘 기타를 들고 다니며 기회만 되면 '한 연주'로 근방의 (특히 여학생들의) 시선을 확 휘어잡기 일쑤였고, 잘하다 보니 본인도 그걸 즐기기까지 했다. 그러다 주변에 있던 사람이 하나둘 흩어지면 (아쉬운 대로) 내게 노래를 가르쳤다.

우리가 특히 좋아한 음악은 통기타의 전설인 '트윈 폴리오'라는 듀엣(여성은 듀엣, 남성은 듀오지만 옛날에는 뭉뚱그려 '차별 없이' 평등하게 불렀다. 결코 몰라서 그런 게 아니다)의 노래였다. 송창식과 윤형주라는 걸출한 가수들의 환상적인 조합, 서정적인 가사와 아름다운 선율, 기타로 표현하기 쉬운 코드들이 좋았다.

친구의 말로는 내 음성은 좋단다. 뭔가 (많이) 부족하지만 조금 (많이) 다듬으면 (약간) 잘할 수도 있겠다는 것이었다. 친구는 함께 노래를 부를 때, 내가 어딘가 삼천포 같은 곳으로 빠지지 않도록 잘 리드해 주었고, 내가 당당하게 틀린 음에는 살포시 화음을 없어 마치 의도된 기교처럼 들리게 했다. 그 덕분에 우리는 '아류 트윈 폴리오', 즉 '장창식과 정형주'로 불렸다. (두 거장께 무어라 죄송한 말씀을 드려야 할지.)

여름 방학 때였다. (무작정 아무 준비 없이) 부산으로 '쳐들어온' 친구들을 맞이한 원주민 학부모로서, 어머니는 우리에게 회를 사 주시고 바닷가 경치 좋은 절벽 어디쯤에서 바람을 쐬시다 특유의 소녀 감성이 발동하시며 "너희들 노래 한 곡 해 봐"라는 요청을 가장한 명령을 내리셨다. 마침 '정형주'는 늘 그렇듯 기타를 들고 있었다. 우리가 부르는 〈웨딩케익〉과 〈축제의 밤〉(트윈 폴리오의 노래지만 마치 우리 노래인 듯)을 들으신 어머니의 작은 눈이(내가 눈이 작은 것은 외탁) 믿을 수 없다는 듯 커졌다.

"어머, 이게 무슨 일이야? 항석아, 네가 노래를 다 하다니? 이 음치가?"

동기들이 오히려 어머니의 반응에 놀라 반문했다.

"음치라뇨? 얘들 우리 과 가수예요. 그럼 혹시 이 집안은 음악 가문인가요?"

"아니야, 얘들아. 항석이는 고질적인 음치야. 근데 이게 무슨 일이니?"(이제 내가 나설 순서지.)

"좋은 스승이 있었거든요. 얘가 다 가르친 겁니다."

어머니는 지금까지 평생을 안타깝게 여기셨던 나의 음치 문제가 완전히 해결되었다고 굳게 믿고 계신다. 하지만 나와 내 친구는 잘 알고 있다. '가짜 트윈 폴리오가' 얼마나 황당한 그룹인지.

시간이 흐를수록 나의 음치 증상이 조금 호전된 것은 사실이다. 당시만 해도 악기 반주에 노래하는 것은('정형주' 같은 친구가 없다면) 거의 불가능했기 때문에, 학사주점 같은 데서는 젓가락 장단을 반주 삼아 한 곡조 뽑는 것이 대부분이었다. (글을 쓰다 보니 좀 한심하게 느껴지지만, 80년대 초반은 다 그랬다. 다들 잘 알지 않은가?)

잘 나서지는 않지만 지목을 당하면 완강하게 저항하지 않고 노래를 하곤 했던 나는 남들이 따라 부르기 힘든 노래, 주로 '발굴해야만 알 수 있는' 노래나 다소 박자가 늘어지더라도 눈치채기 어려울 정도로 잘 알려지지 않은 팝송을 주로 불렀다. 이런 노력(?)의 일환으로 목소리는 '그런대로' 좋다던 그 친구의 말대로 나는 '노래를 좀 하는' 녀석으로 알려지게 되었다. 이럴 때는 사실이 어떻든지 최선을 다해 묻어가는 것이 좋다.

세월이 더 흘러 나는 외과 레지던트가 되었다. 외과는 일이 힘들고 시간이 없지만 회식을 나가면 소위 '뼈빠지게' 잘 논다. 엄청나게 먹어치우고(외과 회식을 하면 그집 술을 깡그리 동내는 것은 그리 어려운 일이 아니다), 다음엔 가라오케로 가서 미친 듯이 목이 터져라 논다. (노래방이 생기기 전이라 노래를 부를 곳은 가라오케뿐이었다.) 그래서 외과 레지던트를 마칠 때쯤이면 노래 한 곡 못하는 사람이 거의 없다. 물론 전혀 개선의 여지가 보이지 않는 사람도 있긴 하지만.

가라오케의 장점은 시끄러운 반주가 틀린 부분을 잘 가려주고,

청중이 이미 80퍼센트는 '맛이 간' 상태라 웬만해서는 잘하는지 못하는지 분간하기 어렵다는 것이다. 소리만 좀 질러줘도 다들 잘하는 줄 안다. 그래서인지 한국인들은 방송 경연 프로그램에서도 샤우팅 창법을 최고의 경지로 치는 분위기가 있다. 나 역시 목소리가 큰 편이라 여기서도 (무사히, 발각되지 않고) 노래 '좀 하는' 축으로 분류되었다.

2005년이었나, 기라성 같은 두 분의 교수님이 정년을 맞으셨다. 정년 기념 행사가 열리고 축하연도 거창하게 치르게 되었는데, 그 일을 맡으신 김○○ 교수님께서 일을 하나 벌이셨다. 후배 교수들이 두 분을 위해 축하 공연을 하자는 것이었다. 독창, 듀엣, 중창 등 다섯 곡가량을 부르기로 하고, 노래 '좀 한다 하는' 가라오케 가수들을 모았다. 사실 김 교수야 우리 대학의 전통 음악 서클인 '이브닝 콰이어' 출신으로 출중한 음악성을 자랑했지만, 나를 포함한 나머지 면면은 오직 샤우팅에만 능한 '가라 가수'들이었다.

하지만 어쩌겠는가? 외과에서는 선배님 말씀이 곧 법이다. 일과가 끝난 뒤 모여 노래 연습을 했는데, 내 기준으로 봐도 이 집단이 남들 앞에서 노래를 한다는 것 자체가 죄악이었다. 음악성 없는 내가 들어도 불협화음의 극치였으니, 김 교수 입장에서는 오죽했을까? 어쩌면 후회막급이었을 것이다.

결국 김 교수와 초빙 인사(간호사)의 듀엣 한 곡과 가장 단순한 합창곡 하나만 부르기로 대폭 축소했다. 그리고 마침내 '공연 날'.

여전히 개선의 여지가 보이지 않던 우리는 결국 '관객 모독'의 무대에 서게 되었다. 연회장을 가득 메운 '청중'과 심지어 외국인 손님들까지 빼곡히 자리 잡고 자못 기대에 찬 얼굴로 바라보는데, 어디론가 숨고 싶었던 심정은 나만이 아니었을 것이다.

먼저 나선 김 교수와 간호사의 듀엣은 그야말로 환상! 멋진 화음과 '김 가수'의 탁월한 미성, 관객은 열광적으로 환호를 보냈다. 하지만 그 무대의 '병풍'에 불과했던 우리는 점점 더 옥죄는 압박감에 모두 얼굴이 납빛으로 죽어가고 있었다. 우리는 노래를 어떻게 했는지 기억조차 나지 않는다. 튀지 않으려고 립싱크까지는 아니지만 최대한 소리를 죽여 노래를 했고, 이 현상 역시 나한테만 해당되는 것은 아니었다. '김 가수'의 노래 뒤로 보여주는 '체험 극과 극' 서비스 정신!

역시 우리는 병풍 역할이 제격이었다. 그래도 '빨리 끝내서', '길게 끌면서 괴롭히지 않아서' 감사의 박수 정도는 받았던 것으로 기억한다. 성공이냐 실패냐를 떠나, 어쨌든 우리는 그날의 특별 공연 '가수들'이긴 했다. 물론 본업이 '교수들'이란 게 천만다행이었지만. 그 이후로는 우리도, 김 가수 선생님도 이런 무모한 일은 더 이상 벌이지 않았다.

이 행사 다음 은퇴식은 내 스승님과 다른 한 분 교수님의 차례였다. 내가 행사 기획을 맡았는데, 나는 '가수'가 아니라 '교수'이며 음치란 사실을 군이 까발리고 싶지 않은 평범한 사람인지라,

아주 점잖고 튀지 않게, (모든 가라오케 가수들의 안녕을 위해) 이상한 아이디어는 절대 내지 않고 아주 순조롭게 행사를 치렀다.

구관이 명관인가

하루 종일 교수실에서 (모종의) 작업을 하다가 문득 석사과정 시절이 떠올랐다. 까마득히 오래전인 1994년, 외과에서는 씨가 말랐다던 대학원생이라는 부류에 나는 딱 한 명뿐인 존재로, 일까지 많아 정신을 차리지 못하던 시기였다.

소위 X오줌 못 가린다는 외과 1년차 중반에 석사과정을 시작했는데, 과에는 도와줄 사람은커녕 "그건 뭣 하러 해?"라는 무식한 질문을 던지는 이들만 잔뜩 있었다. 그런 무지몽매한 작자들을 (선후배 가리지 않고) 일일이 계도해야 했던, 참으로 힘들고 어려운 시간을 보내고 있을 때였다.

게다가 지도교수님은 당시 외과에서 뿐만 아니라 의과대학 전체에서도 타의 추종을 불허하는 극강 레벨의 완벽주의자인 박 모 교수님! 그러니 뭐가 제대로 될 리 없는 상황은 안 봐도 척하고 답이 나오는 수준이었다.

당시 경험을 다 읊자면 적어도 소주 두 병 이상 필요한 (눈물 없이는 들을 수 없는) 이야기이지만, 그런 보조제 없이도 추억이 떠오른 이유는 오늘의 일이 그 시절 경험과 놀라울 만큼 비슷하여, 그야말로 이상한 느낌이 들었기 때문이다.

오늘은 2년 가까이 해 온 일, 즉 누군가를 설득해서, 우리 연구에 관심을 가져주고 우리의 목마름을 (주로 금전적인) 해소해 달라는 (간절한) 호소랄지 그런 목적의 일을 하느라 종일 씨름하고 있었다.

본래 연구비를 신청하는 일이라는 게 죄다 '호소'라는 걸 진작에 깨달았지만, 그게 정부건, 정부의 어떤 기관이건, 해외 단체건 간에 (그 돈을 받자고 하는 일에 쉬운 게 어디 있겠냐만) 쉬울 리 없다. 그런데 오늘은 솔직히 조금 열을 받고 있어 말이다.

1994년으로 돌아가 보면, 당시는 요즘처럼 전자 차트도 없었고, 의무기록실이 친절하게 휘리릭 정리해서 차트를 찾아주는 법도 (결코) 없었다. 그런 (황야의 무법) 시절에 겨우 1~2년차 나부랭이가 연구를 하겠다고 나선다는 건 누가 생각해도 순위 밖 중에서도 맨 아래라 더디기가 오뉴월 엿처럼 늘어지고 있었다.

그런 역경에도 불구하고 지도교수님께서 정하신 기한에 따박따박 맞추어 결과를 보여드리고, 학위 논문의 내용을 만들어가고 있었는데, 교수님은 깐깐하면서도 열정이 넘치셔서, 내가 가져간 결과물과 서론, 연구대상 등 모든 내용에 늘 친절한 첨삭을 해 주셨다.

돌아오는 원고의 내용을 보면 빨간색으로 '거의 색칠이 된' 모습으로 흡사 먹음직스럽게 잘 익은 딸기밭의 풍경 같았고, 일정한 기하학적 무늬로(신석기 시대 한반도 전역에서 대표적으로 사용된 빗살무늬 토기를 연상케 하고 양념으로 돼지 꼬리도 하나씩 들어 있었다) 깊은 감동을 주는 수준이었다. 어릴 적 미술 선생님이 가르쳐준 대로 눈을 가늘게 뜨고 멀리서 전체의 그림을 보면 조형미까지 느껴질 정도였다. (나의 초등학교 미술 선생님은 언제나 실눈을 뜨고 작품을 멀리 보면서 그림을 평가하셨다.)

아무튼 열심히 써 가서 이런 '친절'을 경험하고 추가로 격려까지 받고 나면("당장 가서 차트를 죄다 다시 정리해!" 이런 식의 용기를 북돋우는 멘트가 주를 이루었다), 정말…….

어쨌든 투쟁을 권유하는 그런 격려의 말씀에 힘을 얻어서 나는 2년 만에 '무사히' 학위를 받을 수 있었다. 내가 그 과정을 밟는 동안 무엇을 생각하든 '상상 그 이상'으로 많은 것을 배웠는데, 그 모든 것을 다 말하려면 역시 추가로 소주 두 병이 더 필요하니, 오늘 같은 맨정신에는 도저히 할 수 있는 일은 아닌 것 같다.

오늘의 감성을 일깨운 대목은 바로 이렇다. 2년 전부터 지금 연구하는 주제를 발표하면서 소위 담당자라는 이들에게 (엄청나게) 많은 조언을 들었고, 어떠어떠한 방식이 이런(정부나 공공기관의 연구비를 얻는) 목적에 더 부합하는지에 대한 이야기 또한 많이 들었다. 그러다 보니 수없이 많은 버전이 탄생했고, 지금 작업 중인 것의 거의 막바지 단계에 있는 내용이다.

그런데 어제 받은 지적에 의하면, 내가 진정 개념이 없고 너무나 아마추어적이며 준비가 부족했다고 한다. 심지어 그들은 중간에 두 번이나 교정까지 해 준 그룹이었고, 나는 그들의 조언에 충실히 따라왔다. 그런데도 이런 말을 듣다니, 열을 받을 수밖에.

어찌 되었건 그들의 도움이 필요한 프로젝트라 종일 그것을 끼고 앉아 있긴 한데, 점차 열 받는 강도가 심해져서, 그리고 옛 기억이 떠올라서 이전의 과정을 전부 들춰내 다시 한번 조사를 해 보았다. (하긴 이럴 시간에 이런 헛짓거리 말고 고치면 오죽 좋겠냐만, '승질머리'가 그렇게 생기지 않아 문제다.)

그 결과, 1994년의 데자뷔, 아니 판박이라고 해도 과언이 아닐 정도로 기시감이 들었다. 이 사람들과 의논하면서 고쳐 온 변화의 과정을 시간대별로 쭉 살펴보니, 이번에 그들이 지적하고 요구한 내용은 내가 처음 발표했을 때 가져갔다가 된통 '쿠사리'를 먹었던 바로 그 내용이었다. 당시 그들이 나에게 했던 '전문 용어'들을 떠올려 열거해 보면, '초보적인', '개념이 부족한', '역시 이런 일을 안 해본 티가 그대로 나는' 등등으로 내가 대학 교수가 된 후 이런 취급을 받을 것이라고는 전혀 예상치 못했던 용어들 일색이었다.

하지만 어쩌겠는가, 남의 돈을 따내는 일이란 원래 쉽지도 않고, 더럽고 치사해도 인내하며 꾸역꾸역 할 수밖에 없는 것이다.

여기까지의 변천사를 보면, 결국 이 인간들이 내가 처음 발표했던 내용을 그대로 요구하고 있는 셈이니, 그럼 내가 그동안 겪었던 수모와 그 '전문 용어들'은 도대체 무엇이란 말인가? 지금의 나는 정말이지 열 받고, 거지같고, 짜증 나고, 뭐라 표현하기 어려운 심정이다.

이 심정, 과거에도 느꼈던 그 기억을 기시감처럼 끌어올렸다.

1994년의 석사학위 주제였던 '그레이브스병' 환자 600명의 차트를 모두 5번 이상 리뷰해야 했고, 데이터 분석도 당시에는 개인이 하기 어려웠던 시절이라 예방의학의 (네 가지 없는) 그 인간들에게 아부해 가며 (아마도 10번은 반복했을 것이다) 논문을 진행했지만, 제출할 때마다 하루도 채 지나지 않아 빨간색 빗살무늬 토기가 되어 나오던 그 기억. 당시는 누구나 다 그렇게 하는 줄 알았다. 그래서 나는 그 많던 빗살무늬 토기 문양의 A4 뭉치를 신주단지 모시 듯 하나도 빠트리지 않고 차곡차곡 모아 두었다. 그게 다 스승님이 베푸신 친절이자 정성이니까.

막바지에 이르러 (논문 인쇄 직전) 감회가 새로워진 나는 그간의 고생한 시간의 흔적을 찬찬히 살펴보다가 '내가 이 일을 왜 했을까' 하고 막심하게 후회했다. 놀랍게도, 마지막에 살아남은 논문은 맨 처음 붉은색으로 '황칠'이 되어 있던 그 불쌍한 녀석과 거의 판박이였다. 그렇게 처음 단계로 돌아갔던 허탈한 심정이 바로 오늘의 소회를 불러왔다.

결국 이런 것일지도 모른다. 처음 고민하고 아이디어를 짜내면서 공들인 것이 가장 '진심'에 가까운 건 아닐까? 과거에도 그랬고 오늘도 그렇다.

이 간단한 진리를 깨닫는 데 2년이나 걸릴 일인가? 시간이 이렇게 지났는데 조금도 발전이 없다는 것인가?

Epilogue

이 글을 쓰고 얼마 지나지 않아 결과가 나왔다. 우리는 결국 '우여곡절 끝에' 정부의 연구비를 획득하는 데 성공했다.

그러나 그 준비 과정에서 입은 만만치 않은 '내상들'로 인해 상당 기간 '요양이 필요하다'는 생각이 들었다.

상처뿐인 영광…. 하지만 결국 영광은 영광인 것이겠지.

결국 이것도 따내지 못했다면 상처가 더 깊었을 테니까.

그래, 그렇게 감사하며 살아야 할 일이다.

미래는 예측 가능할까?

수없이 많은 사람과 서적들이 과거로부터 끊임없이 우리의 미래를 점쳐 왔고, 그로 인해 우리는 종종 흔들리기도 했다. 대표적인 것이 《노스트라다무스의 예언》,《마야의 예언》 같은 종말론적 예언이며, 성경의 〈요한 묵시록〉 역시 언젠가 다가올 심판의 그날을 예고하고 있다. 우리나라에는 《정감록》이라는 예언서가 있다. 이런 류의 책들은 대부분 모호한 비유로 이루어져 명확한 파악이 어렵다는 공통점이 있다. 사주를 보거나 점을 치는 것도 크게 다르지 않다. 귀에 걸면 귀걸이, 코에 걸면 코걸이로 해석될 여지가 있어서 거의 99.99퍼센트는 일이 벌어진 다음에야 '아, 이 말이 그 말이었구나' 하고 진의를 깨닫게 된다.

무엇보다 '예언'이라는 것은 사람을 혹하게 만드는 매력도 있지만 동시에 위험하기도 하다. 이는 예언을 잘못 받아들이는 당사자에게도 위험하지만, 예언을 한 사람에게도 마찬가지다. 나라의 미래를 걱정한 예언자들이 오히려 배척당하고 위험한 처지에 놓이기도 한다. 트로이의 멸망을 예언했던 카산드라는 그 불행한 결말의 대표적 인물이다. 그런데 항상 궁금했던 것은 이것이었다. 그렇게 큰 예언을 할 수 있는 혜안이 왜 스스로를 향할 때는 작동하지 않았던 것일까? 결국 자신이 속한 사회의 운명과 함께 흘러갈 수밖에 없을 텐데, 그 큰 흐름을 본 사람이 어째서 자신의 결말은 알지 못했을까?

그와는 반대로, 미래를 제대로 보고 올바르게 걸어간 사람도 있다. 오늘 이야기의 주인공이 바로 그런 '현명한 인물'이다. 그는 BC 536년경에 태어난 것으로 추정되는 초나라 사람이었다. 자는 소백(少佰), 이름은 범려(范蠡)다. 그와 관련된 고사성어로는 와신상담(臥薪嘗膽), 토사구팽(兎死狗烹), 삼취삼산(三聚三散)이 있다.

그는 유명한 오월쟁패(嗚越爭覇) 과정에서 오나라에 패하여 멸망 직전에 몰린 월나라 왕 구천과 함께 오나라 왕 부차의 시중을 들며 고난의 세월을 겪었다. 이 시기, 범려가 월왕 구천을 독려하고 의지를 잃지 않도록 수행했던 일이 그 유명한 와신상담이다. 여러 우여곡절 끝에 겨우 월나라로 돌아온 후, 범려는 문종과 함께 부국강병에 힘을 쏟았고, 결국 오나라를 멸망시켰다. 그러나 범려는 오래전부터 꿰뚫어 보던 대로 '함께 고생은 해도 함께 성공은 못 누리는' 성향의 월왕 구천을 정확히 이해하고 있었다. 범려는 같이 승리를 일구어 낸 문종에게 함께 떠날 것을 권유했다. 이때 범려가 한 말이 "사냥이 끝나면 활은 쓸모 없고, 교활한 토끼가 없어지면 사냥개가 잡아 먹힌다"는 토사구팽이다. 하지만 문종은 이말을 알아듣지 못했고, 결국 월왕 구천이 내린 검으로 자결하게 되었다. 반면 범려는 모든 영화와 재물을 사람들에게 다 나누어주고 조용히 월나라를 떠나 살아남았다.

이후 범려는 제나라로 들어가 이름을 치이자피(鴟夷子皮, '말가죽으로 만든 술부대'라는 뜻)로 바꾸고 사업을 시작해 큰 재물을 모았다. 그는 다시 재물을 사람들에게 다 나누어 준 뒤 도(陶) 땅으로 들어가 은거하며 다시 한번 사업을 일으켜 수만 금의 재물을 모았다. 이때 그는 스스로를 도주공(陶朱公)이라 불렀다고 한다. 무려 19년 동안 세 번이나 큰 성공을 일구어 낸 셈이다. 그렇게 다시 모은 재산을 또 사람들에게 아낌없이 나누어 주었으니 삼취삼산, 즉 '세 번 성취하고 세 번 나누어 주었다'는 고사성어의 주인공이 된다. 후대의 상인들은 그를 지금까지도 재신(財神)으로 모시고 있으며, 상성(商聖)이라 부르고, 도주공이란 이름은 거부(巨富), 곧 큰 부호의 대명사로 사용된다고 한다.

그렇다면 이런 신화적 삶을 산 그는 정말 미래를 볼 수 있는 사람이었을까? 사실 범려는 '미래를 예견했다'기보다는 시간과 기운의 흐름을 잘 파악해 적절한 행동을 실천한 인물로 평가된다. 그의 철학을 보면, 세상 만물이 변화하듯 시세의 흥망성쇠도 그와 같으니 때를 기다려 행동해야 자연스러운 것이라고 했다. 귀한 것도 극에 이르면 도리어 천한 것으로 바뀌고, 극도로 천한 것도 시간을 기다리면 오히려 귀해질 수 있다 했다. 그리고 '물자를 모으는 이치는 물자를 보존하기 위해 노력하되, 오래 묵혀 두어서는 안 된다'고 했다. 이런 까닭에 그는 가진 부를 사람들에게 아낌없이 나누어 줄 수 있었을 것이다. 그야말로 노블레스 오블리주의 선조격이라 하겠다.

느닷없이 이 이야기가 떠오른 이유는 이렇다. 요즘 나는 2017년에 출간한 책으로 인해 여러 단체나 방송에 자주 불려 다니며 강의를 하고 있다. 내 스승님께서는 이런 나를 보며 늘 걱정하시면서, "근데 니는 공부는 언제 하노?"라고 하셨던 말씀이 떠올라 조금 켕기는 면이 없지 않지만, 그래도 좁은 틀 안에 갇혀 있기만 한 것은 아니라는, 말하자면 자기 최면과 같은 위안을 하고 있다.

팬데믹 관련 강의를 하다 보면 코로나의 앞날은 어떻게 될 것인가에 대한 질문을 많이 받게 된다. 그중 나름 '올바른 답'이라고 생각하고 말했으나, 내뱉고 나서 욕을 한가득 먹었던 몇 가지를 꺼내 보면 이렇다.

2020년 5월 연세대학교 행정학과 대학원 강의

Q 백신을 맞으면 이제 곧 이 바이러스를 극복할 수 있겠죠?

A 좀 힘들 겁니다. 코로나 바이러스는 RNA 바이러스이고 변이가 심해서 백신의 역할이 한계가 있을 겁니다.

일동 야유.

2020년 12월 모 기업 임원 강의, 2021년 1월 tvN 유튜브 강의

Q 영국발 변이가 문제가 심각한데, 영국에서 오는 사람들을 차단해야 하지 않을까요?

A 영국발 변이 뿐일까요? 저는 지금 우리나라에서도 그런 변이는 일어나고 있다고 봅니다.

모기업 임원 일동 야유.

tvN 방송 관계자 여기서 이러시면 안 됩니다.

2021년 1월 앤미디어 강의, 2021년 4월 연세대 경제대학원 최고위 과정

Q 이제 백신은 두 번만 맞으면 되는 거죠? 결국 이 사태가 다 지나가겠죠?

A 아마도 어려울 것입니다. 이제 곧 또 다른 위험한 변이가 생길 가능성이 높습니다. 결국 코로나 바이러스의 운명은 독감 바이러스처럼 매년 백신을 맞아야 할 가능성이 높다고 생각합니다.

일동 야유×3.

늘 이런 식이었다. 하지만 당시 야유를 보내던 사람들도 지금은 조금 놀라고 있을지 모른다. 대부분 현실이 되었으니 말이다. 내 책《판데믹 히스토리》마지막 부분, 그러니까 그 글을 쓰던 2016년 당시에 나는, "가까운 미래에 인류를 공포에 몰아넣고 대규모 참극을 벌일 질병이 발생한다면 주범은 바로 변형 바이러스일 것이다"라고 썼었다.

당시에도 욕을 많이 먹었다. 출판사에서도 너무 자극적이니 이 말을 삭제하는 것이 어떻겠느냐고까지 했었다. 그러나 시간이 지나고 보니 마치 내가 예언을 한 것처럼 되어 버렸다. 불행하게도.

물론 그것은 예언이 아니다. 과학적 사고를 하는 사람이라면 충분히 예측 가능한 일이다. SARS, MERS 같은 생소한 질환을 겪으며 우리가 당했던 황당하고 어처구니없는 경험에서 반드시 얻어야 할 교훈이 있었기 때문이다.

나는 사실, 이 점이 안타깝다는 것이다. 왜, 뻔히 보이는 사실조차 외면하려 드는가? 도대체 왜, 우리나라는 소위 전문가라는 사람들의 말에 귀를 기울이지 않는가?

경험이 쌓이고 또 역사적으로 일어났던 일들을 진중하게 돌이켜 보면, 어렴풋이나마 흘러가는 큰 물줄기 정도는 보이기 마련이다. 그래서 예로부터 우리는 성현들의 말씀이나 어르신들의 말씀에 귀를 기울여 왔다. 때때로 귀찮고 아프다는 이유로 외면하기도 했지만 말이다. 그러나 '어른들 말씀을 잘 들으면 자다가도 떡이 생긴다'는 말처럼, 그런 말은 언제나 도움이 되었다. (물론, 어르신이라고 해서 어찌 세상을 다 내다볼 수 있겠는가? 적어도 우리는 그런 사정을 충분히 이해할 수 있는 정도의 예의와 격조를 갖춘 민족이다.)

하지만…. 오늘날, 우리 한국에서 이런 뼈아픈 고언(苦言)을 해 줄 원로가 존재하는가? 누군가 나서서, 행여 '우사'를 당할 위험이 있음에도 불구하고 우리가 엉뚱한 길로 빠지지 않도록 조언해 줄 수 있는 환경인가? 또 우리는 누군가가 그런 어려움을 무릅쓰고 일어날 때 귀 기울여 경청할 자세가 되어 있는가?

이제 우리는 이 점을 뼈아프게 되새겨야 한다. 적어도 나는 그렇게 생각한다(더 이상 욕먹기 싫음).

Epilogue

여기 인용한 소백 범려의 이야기는 내게 큰 감흥을 주었다.

그 때문에 나는 《론 블레이드(Lone Blade)》라는 장편(의학 소설)을 인터넷 웹소설로 연재할 때, 작가의 이름으로 채택하기까지 했다.

그 이름은 '소백훈'이었는데, 한자로는 少伯 訓이다. 즉, '소백의 교훈'이라는 뜻으로, 이를 늘 기억하자는 의미였다.

바이러스와 오늘

우리가 두려워하는 바이러스 질환은 《판데믹 히스토리》에서 쓴 바와 같이 인류의 영원한 숙적이자 난적이다. 우리가 아무리 노력해도 결국은 이길 수 없을 가능성이 높다. 참 아이러니한 것은, 지구 탄생 이후 지금까지 가장 높은 지능과 능력을 바탕으로 문명을 이룩한 인류가 이런 생물과 무생물의 중간밖에 되지 않는 원시적 존재에게 맥을 쓰지 못하고 속수무책으로 끌려다니는 시간이 거의 영원에 이를지도 모른다는 사실이다.

과학의 진보 속도는 눈부실 정도여서, 언젠가는 우리가 바이러스쯤은 간단히 해결할 날이 올지도 모른다는 '순진한' 기대를 품는 사람도 있을 것이다. 그러나 과학이 발전하는 속도와 바이러스가 변형되는 속도를 비교해 보면 바로 답이 나온다. (달팽이 걸음과 빛의 속도 정도의 차이라고 하면 과장일까?) 인간이 아무리 약이나 백신 개발에 박차를 가해도 바이러스는 이미 저 멀리 달아나 있다.

그럼 바이러스의 변이 속도를 한 번 알아볼까? 바이러스의 DNA 염기 서열은 1만 개이고 바이러스의 한 세대(generation)는 고작 하루에 불과하다. 반면 인간은 30억 개의 염기 서열을 가지고 있고, 한 세대는 대략 30년이다. 이런 조건에서 DNA 염기 서열의 차이가 1퍼센트 정도 발생하는 데 걸리는 시간은 얼마나 될까? (하필 1퍼센트를 예로 든 이유는 인간과 침팬지의 염기 서열 차이가 1퍼센트 정도이기 때문이다.) 이런 가정하에 복잡한 계산을 돌려 보면…… @x#+%10X#$y%#*^…. 인간과 침팬지의 차이가 생기는 데 약 700만 년이 걸렸지만, 바이러스가 1퍼센트의 유전자 염기 서열의 변이를 일으키는 데는 겨우 며칠이면 충분하다. 이는 700만 년 대 3~4일의 무시무시한 차이다.

게다가 같은 종의 바이러스 안에서도 변이 차이는 많게는 50퍼센트까지 존재하는 것으로 알려져 있다. 1퍼센트의 차이가 인간과 침팬지의 차이라면 50퍼센트의 유전자 차이를 가진 바이러스를 과연 같은 종이라고 할 수 있을까?

이런 이유로, 과학의 발전 속도를 차치하더라도 인류가 바이러스를 완전히 정복하는 일은 영원히 불가능할 것이다. 아주 먼 미래에도 말이다. 여기까지는 이과생의 사고방식으로 풀어낸 설명이다.

그렇다면 문과생의 해석은 어떨까? 얼마 전 나는 4선 국회의원인 신모 선생의 출판기념회에 초청받아 다녀왔다(혹시 몰라 밝혀두지만, 신모 = 辛某 ≠ 神母). 그분은 술자리에서 우연히 만난 인연이지만 진영을 떠나 매우 존경할 만한 분이었다. 몇 번 만난 인연으로 초대한 것인데, 그는 내 책 《판데믹 히스토리》를 읽은 소감을 자신의 책에서 이렇게 밝혔다.

"…. 생명체가 존재하는 한 바이러스의 박멸은 불가능한 것은 아닌가. 하나의 바이러스를 극복했다고 하면 조금 변형된 바이러스가 생겨나는 바이러스의 생명작용을 멈출 수 없는 이유는 그것이 생명의 법칙이기 때문일 것이다. 아마도 모든 생명체가 없어지면 바이러스도 무생물로 돌아갈 것이다."

그리고 그는 이렇게 덧붙였다.

"그러므로 인간과 바이러스가 공존하며 서로 죽이지 않고 공존하는 환경과 질서를 만들어내는 것이 바로 의학적인 치료이며 인간의 숙명이 아닐까. 바이러스가 인간의 생명을 앗아가지 않도록 순치 되거나 인간이 내성을 갖도록 진화하거나…."

그렇다. 문과생의 관점은 역시 무미건조한 우리 이과생들의 그것보다 묘미와 묘취가 있다. 이런 사고방식의 차이는 생존의 문제를 어떻게 바라보느냐의 차이라고 나는 생각했다.

인상 깊게 본 영화 〈쥬라기 공원〉의 마지막 부분에 나오는 한 대사를 나는 특히 좋아한다.

"생명은 늘 길을 찾는다."

내가 암을 연구하면서도 느끼는 것이지만, 우리가 공격 방법을 찾고 암이 진행되는 길목을 막아도 얼마 지나지 않아 암은 다른 우회로를 통해 다시 모습을 드러낸다. 억압하고 억압해도 궤멸되지 않는 것이 바로 생명의 원리다.

오늘의 이 소회는 우리 사회가 흘러 가는 극단적 행태에 대한 우려에서 시작되었다.

매일매일 생산되는 뉴스는 거의 공해에 가깝고, 하나의 현실을 두고 이렇게까지 다른 시각이 존재할 수 있을까 싶을 만큼 파편화되고 궁금해지는 시간을 우리는 살고 있다.

이런 차이는 위에서 예를 든 문·이과의 차이와는 또 다르다. 정말로 달라도 너무 다르다. 서로 악다구니를 쓰며 '너 죽고 나 살자'로 달려들고 있다. 내가 그런 사회 속에 깊이 속해본 적이 없어 그들의 행태를 온전히 이해할 수 없다는 것도 잘 알고 있다. 물론 그들 나름의 이유가 있을 것이고, 그래서 자기들끼리는 서로 이해되는 집단이 형성되겠지.

나도 한때는 뜨거운 우리의 진심이, 그리고 투쟁이 우리를 새롭게 만들 것이라 믿었던 시절이 있었다. (오해의 소지가 있어 분명히 하자면, 나는 운동권은 아니다. 여기서 말하는 '투쟁'은 우리의 삶 속에서 원천적으로 있어야 하는 어떤 것을 의미한다.) 한창 그런 시절을 보내고 있을 때에 나의 생각을 일깨워준 스승이 한 분 계셨다.

당시 내가 근무하던 병원에서는 오너의 불합리한 횡포를 막고, 올바른 의견을 제시하며 잘못된 관행을 바로잡을 수 있는 유일한 수단이 교수평의회라고 굳게 믿고 있었다. 이를 설립하는 데 열과 성을 다하고 있었고, 누구의 말도 들리지 않는, 소위 '사회의 물이 덜 든' 젊은 교수의 불타는 사명감만이 나를 이끌고 있었다.

그런 내게 그 대학의 외과 주임 교수이던 이○○ 교수께서는 이렇게 말씀하셨다.

"닥터 장, 51 대 49로 이겨도 이기는 거라네. 지금 자네는 너무 100 대 빵으로 이기려 들고 있어."

나는…. 이 말을 듣자마자 뒤통수를 아주 세게 얻어 맞은 듯한 느낌이었다. 어떻게 이길 것인가만 생각하느라 상대방을 보지 못했고, 옳다고 믿는 길만 보느라 반대편을 그저 악마화하고 있었다. 그래, 그런 게 아니었다.

그날 깨달은, 그러나 한참의 시간이 흐르도록 제대로 말로 표현하기 어려웠던 그 개념, '바이러스가 인간을 다 죽이고 나면 스스로도 살 수 없다'는 바로 그 말이었다.

결국 어떤 상황이 오더라도, 어떤 방식으로든 압승을 하기란 어렵다는 것을 이제는 너무나 잘 안다. 승부라는 것은 한 번으로 끝나는 게 아니기에….

    그리고 지금 어떤 승부를 내더라도 결국 '생명은 길을 찾기 때문'이다.

    적어도 살아 있다면 말이다.

오늘, 편작을 생각한다

그는 춘추전국시대(기원전 401-310)의 사람으로 이름은 진월인(秦越人)이다. (예전에는 느끼지 못했는데, 다시 보니 성씨는 진(秦)나라, 이름은 중국 남부의 월(越)나라 사람을 상징하는 듯 절묘한 뜻이 담겨 있다는 생각이 든다.) 그는 발해군(지금의 하북성과 산동성 일대) 출신이지만 정(鄭)나라에 거주했던 것으로 보인다. 장상군(長桑君)에게 의술을 배웠으며 특히 맥박 진단(맥진)에 능했고, 다양한 약초나 침을 활용해 치료를 했다고 알려져 있다.

그는 《난경(難經)》을 저술한 인물로 전해진다. 이 책은 기존의 난해한 의학 이론들을 간결하게 정리하고 이해하기 쉽게 문답 형식으로 기술한 것이다. ('어려운 경전'이라는 뜻으로 이름을 지은 것은 이 때문이다.) 이 책은 현재까지도 중국 의학의 귀중한 문헌으로 인정받고 있으며, 오늘날까지 이어지는 맥법(脈法)은 편작(扁鵲)에서 시작되었다고 한다. 그는 중국 전통의학의 개조(開祖)이자 약왕(藥王)으로 추앙받고 있다.

그에 관한 에피소드는 무수히 많지만 '죽은 사람도 살려냈다'는 이야기가 가장 유명하다. 괵국(虢國)의 왕자가 병으로 죽었는데(혹은 그렇게 판단되었는데), 편작이 그를 소생시킨 것이다. 실제로 그 왕자는 열병에 걸려 잠시 숨을 멈춘 상태였으나, 다들 그가 죽었다고 판단했다. 이를 정확하게 알아본 편작이 왕자를 치료하여 '되살렸다'고 한다. 이 일화는 정확한 진단이 얼마나 중요한지를 보여준다.

편작은 병증을 미리 알아채고 미연에 치료하는 것(예방)을 특히 중시했다고 한다. 그에 관한 내용은 《한비자(韓非子)》에도 전해오고 있다. 제나라 환공(桓公: 유명한 강태공의 12세 손자이자 춘추시대 5패 중 한 명)을 처음 만났을 때, 편작은 그에게 작은 병이 있음을 간파하고 즉시 약을 처방해 주겠다고 했으나, 아무런 불편을 느끼지 못했던 제환공은 이를 거절했다.

그 후 얼마간의 세월이 흘러 다시 만난 환공은 병세가 조금 더 깊어져 있었다. 편작은 '아직은 약으로 다스릴 수 있는 상태이니 지금이라도 약을 복용하라'고 권했지만, 환공은 역시 그의 말을 듣지 않았다. 이후 세 번째 만남에서는 환공 스스로가 병증을 느낄 정도의 단계였고, 편작에게 치료를 부탁했다. 그러나 편작이 보기에 이미 병증이 너무 깊어 어쩔할 도리가 없었다고 한다. 그리고 얼마 지나지 않아 제환공은 사망했다.

그는 이처럼 병이 악화되기 전, 가능한 한 이른 시기에 신속하게 치료하는 것을 중요하게 생각했으며, 무엇보다 불행이 닥치기 전의 예방이 더 중요하다고 강조했다.

덧붙여, 편작에게는 모두 의학에 능통한 3형제가 있었다. 그중 누가 가장 의술에 능하냐는 질문에 편작은 이렇게 답했다고 한다.

"첫째 형은 병이 생기기도 전에 미리 알아차려 예방 조치를 해주기 때문에 의술이 가장 뛰어나고, 둘째 형은 병이 드러나기 시작할 때 철저하고 근본적인 치료를 해주어 아주 약한 고통만 느끼게 하고 낫게 하는 기술이 있어 두 번째로 훌륭하다. 반면, 나는 환자의 병세가 깊어져 고통을 호소할 때 비로소 치료를 하기 때문에 가장 떨어진다."

그러나 그는, 환자의 고통이 극에 달했을 때 치료해 주기 때문에 환자들이 고마워하며 자신을 명의라고 일컫는 것일 뿐이라고 덧붙였다. 겸손한 말이지만, 여기에 내포된 의미는 매우 크다.

또 편작은 여섯 가지 불치의 병(혹은 상태)에 대해 언급하며 이중 하나라도 있으면 치료를 하기 어렵다고 했다. 그 내용은 다음과 같다.

첫째, 교만하거나 자만하여 스스로를 돌보지 않는 것,

둘째, 몸을 가볍게 여기고 재물을 중시하는 것,

셋째, 의식(衣食)에 절제하지 않고 적절하게 조절하지 않는 것,

넷째, 음(陰)과 양(陽)을 제대로 다스리지 못해 서로 맞서 오장육부(伍腸六腑)의 기가 안정되지 않는 것,

다섯째, 몸을 함부로 굴려 약이 듣지 않는 상태,

여섯째, 무당의 말이나 점을 믿고 의사의 말을 믿지 않는 것.

이런 불치(不治)에 대한 견해는 오늘날의 상황에 견주어 보더라도 논리정연하며 이치에 어긋남이 없다.

그렇다면 편작이 활동하던 당시의 중국 상황은 어떠했을까?

고대 중국에서 의사의 사회적 지위는 그리 높지 않았다. 이는 특이한 일이 아니라 전 세계적으로 나타나는 공통 현상이었다. 또한, 의사라고 해서 모두 같은 대우를 받는 것도 아니었다. 주(周)나라 서주(BC 1046-771) 시대부터 의사의 등급이 나뉘어 있었는데, 최상위 등급은 관리 의사(superintendent doctor), 식음료와 음식을 준비하고 관리 감독하는 식이 담당 의사(diet doctor), 내부 질환을 담당하는 내과 의사(internal ailment doctor)가 있었다. 그다음은 상처, 궤양, 골절을 치료하는 상처치료 의사(wound doctor), 마지막으로 수의사(veterinary doctor)가 있었다.

고대 중국에서 의사의 신분은 예술가(악사, 재인, 화가 등 포함)나 수공업자와 동급이었으며, 외과의사는 그 중에서도 '하바리(하급)'

에 해당했다고 한다. 오늘날 외과의사가 '낙수 의사' 취급을 받는 데에도 어쩌면 오랜 근원적 이유(뿌리)가 있었던 것은 아닐까?

나는 모든 갑상선암 환자를 다 보기에는 여력이 없어, 어느 시점부터 심각하게 진행된 암이나 재발한 암 환자들만 보도록 스스로 제한하기 시작했다. 그러니 편작의 기준에 따르면 지금의 나는 의사 중에서도 하층에 속하며, 일이 크게 벌어지고 난 다음에야 치료하는 하수 중의 최하수, 최하위급 의사일지도 모른다.

하긴, 나라 일을 하는 의사들을 보니 모두 '예방'을 전문으로 하는 이들이다. 우리가 보기에 그들이 현장에서 환자들과 고락을 함께한 적이 한 번도 없는, 따라서 '의사도 아닌 것들이 의사인 척하는 집단'이라고 생각했는데, 그게 아닌 모양이다. 크게 되려면 역시 '예방'을 해야 하나보다.

안 그래도 답답하고 골치 아픈데, 이런 심란한 이야기는 이쯤하고 다시 편작으로 돌아가 보자.

편작이라는 이름의 한자 그대로의 뜻은 '작을 편(扁)', '까치 작(鵲)'이다. 중국을 비롯한 동양권에서 까치는 기쁜 소식을 가져오는 길조라는 점을 고려하면 '기쁜 소식을 전하는 존재'라는 의미를 담고 있다고 볼 수 있다. 또한 '작다'는 뜻의 '편' 자는 '널리, 두루'라는 의미를 지니기도 한다. 그의 행위 자체가 생명을 살리고 기쁜 소식과 희망을 주는 일이었기에, 그의 이름은 더더욱 시사하는 바가 크다.

진월인이라는 그의 본명도 (내 생각으로는) 당시의 '세상'이라는 무대 전반을 아우르는 의미를 담고 있어, 편작은 국경 따위에 얽매이거나 구애받지 않고 모든 세상에 기쁜 소식을 널리 전하는 치유의 존재라는 의미가 될 것이다.

그렇다. 모든 의사가 어릴 적에는 이런 꿈을 품고 성장했을 것이다. (적어도 우리 세대는 그렇게 자라왔다.) 세상이 아무리 '이상하게' 변하더라도 그 꿈만은 잊지 않았으면 한다. 하루하루 지쳐가고 끝나지 않을 것만 같은 이 시점에, 나는 문득 편작을 떠올린다.

추천도서 1

《옛날 옛적에 훠어이 훠이》

최인훈은 1970년에 〈어디서 무엇이 되어 만나랴〉를 집필했다. 이후 〈소설가 구보씨의 일일〉, 〈태풍〉을 거쳐 미국에 체류하면서 두 번째 희곡집인 《옛날 옛적에 훠어이 훠이》를 비롯해 연속으로 작품들을 집필했다.

당시만 해도 희곡은 연극 무대에 올리기 위해 편집된, 일종의 '기능성 글'로 여겨졌고, 순수문학이 주는 감동이나 품격을 따라가지 못한다고 취급하는 등 편견이 강했다.

그러나 최인훈은 이 작품들을 통해 희곡이 아니면 도저히 구현할 수 없는 특징적인 양식의 문학을 개척했다. 더 나아가 희곡이

가지는 한계를 뛰어넘어, 꼭 연극으로 공연되지 않더라도 읽는 것만으로 감동을 느낄 수 있는 새로운 문학세계를 열었다. 소설 〈광장〉이 문학사적 지평을 새로 그린 문제작이었다면, 1970년의 〈어디서 무엇이 되어 만나랴〉는 "한국 현대 희곡의 새로운 서막이 열린 해"라는 평가가 나올 만큼 기념비적이다. 그의 희곡은 마치 시를 읽는 것 같은 깊은 여운과 울림, 그리고 감동을 준다. 그래서 그는 극작가라는 이름 대신 극시인으로 불리기도 한다.

그는 이 작품들에서 우리에게 익숙한 설화나 역사의 한 장면들을 재해석하고 과감하게 다른 방식으로 구성해냈다. 원형을 해체하면서도 이야기의 정서를 잃지 않고 이를 통해 극적인 효과를 높이는 동시에, 인간의 무의식과 감정 속에 묻혀 있던 어두운 상처를 다시 끌어올린다.

수록된 많은 작품 가운데 내가 생각하는 압권은 단연 〈어디서 무엇이 되어 만나랴〉와 〈둥둥 낙랑둥〉이다. 여기에 하나를 더 보태자면, 애절하고 슬프며, 어찌 보면 더럽고 추잡할 수 있는 내용으로 심청전을 비틀어 재탄생시킨 〈달아 달아 밝은 달아〉를 들 수 있다. 이 작품 역시 절묘하고 탁월한 구성과 감정의 깊이를 보여준다.

원형 텍스트를 기발한 상상력과 과감한 변용으로 변모시키는 그의 능력도 놀랍지만, 그런 과정을 통해 인간 본질에 대한 통찰과 시련을 느끼게 한다는 점은, 장면의 획기적인 전환이나 이야기

전개의 스피드가 주를 이루고 구조적 혁신이 주목받는 시대에도 이 작품들이 왜 이토록 많은 사람들에게 꾸준히 읽히고 연극 무대에서 공연되는지 짐작하게 한다.

그는 단순히 아름다운 혹은 읽는 재미를 주는, 이른바 '잘 만든 희곡'을 쓴 것이 아니다. 그의 소설에서 그랬듯이 일관되게 상처 입은 자들을 조명하고 그들의 시련을 통해 우리의 존재, 그리고 우리가 기억하고 가장 아파해야 할 문제점에 대한 통렬한 의문을 던진다. 인간이란 과연 무엇인지, 얼마나 불완전한 존재인지 우리의 마음 깊은 곳으로부터 그 답을 끌어 낸다.

이 책에 있는 작품들 중 따뜻하거나 아름다운 내용은 없다. 오히려 마음을 아프게 하고, 불길하며, 때로는 처절하다. 읽는 내내 불편하고 고통스러울 수도 있다. 그러나 작가 최인훈이 궁극적으로 무엇을 그려내고 응시하고자 했는지 그 깊이를 어렴풋이라도 짐작할 수 있다면, 이 책을 선택한 의미는 충분하다.

〈어디서 무엇이 되어 만나랴〉

이 작품은 온달과 평강 공주 설화를 모티프로 구성해 낸 작품이다.

우리가 익히 아는 이야기이지만, 이 작품에서는 평강 공주의 심리적 묘사가 주된 흐름을 이루며, 비극적인 길을 걸어간 두 인물을 통해 그들이 겪는 욕망과 불안, 고통의 구조를 보다 정교하게 드러낸다.

처음 만남부터 불길한 예감을 느꼈음에도 공주를 위해 산골의 평온했던 터전을 떠나 출사(出仕)할 수밖에 없었던 온달의 입장, 좌절된 권력욕을 남편을 통해 구현하고자 했던 평강 공주의 비극적 선택, 그리고 덧없이 끝나버린 그들의 꿈을 통해 작가는 이 비극의 결말 속에서 우리가 매 순간 부여잡고 있는 욕망의 실체에 대해 다시 질문을 던진다.

특히 마지막 장면은 매우 인상적이며 압도적이다. "공주, 좋은 세상에서 다시 만납시다"라고 말하는 스님의 대사나, 붉은 진홍 배자를 걸친 백발의 온달 어머니가 흰 눈이 흩날리는 공간에 서서 돌아오지 않을 아들을 기다리며 중얼거리는 장면은, 희곡을 읽고 있음에도 눈앞에 펼쳐지는 스펙터클한 장면을 보는 듯 비장한 영상처럼 선명하게 다가온다. 그 장면 하나에 최인훈 작가는 영원히 만나지 못할 것에 대한 애절함을 담았다.

제목이 의미하듯 이것은 기약이 없는 약속이자 다시 만날 수 없음에 대한 애절함일 테니 말이다.

〈둥둥 낙랑둥〉

이 작품은 낙랑 공주와 호동 왕자 설화를 바탕으로 구성해 낸 작품이다. 작품 전반에 흐르는 심리 묘사도 압권이지만, 낙랑 공주의 죽음 이후 호동 왕자의 방황과 죄책감을 다루면서 낙랑 공주의 쌍둥이 언니로 설정된 고구려의 왕비(즉 부왕의 부인)를 호동이 공주로 착각하게 되는 과정(위험한 오해와 관계)의 설정은 서사의 긴장감을 극대화한다.

왕비는 조국을 멸망케 한 호동에 대한 증오와 동생이 사랑한 이에 대한 연민의 감정을 동시에 느끼면서 흔들린다. 또한, 자신이 적대국인 고구려의 어미 무당으로서 시조 주몽을 현신시켜야 하는 존재라는 자신의 운명 앞에서 깊은 슬픔과 좌절을 느낀다.

작가는 넘을 수 없는 선을 앞에 둔 호동과 왕비가 선택할 수밖에 없는 일종의 '역할극'을 설정했고, 이 과정을 통해 쾌락과 욕망 앞에 흔들리는 나약한 인간의 본성을 드러냈다. 끊임없이 갈등하는 두 사람을 조명함으로써, 자신들이 처한 현실과 욕망, 터부 사이에서 갈등하는 인간의 본성을 아프도록 지적하고 있다.

작품 전반을 거의 다 장악하고 있는 등장인물들의 대사 흐름의 구조는 마치 셰익스피어의 〈햄릿〉을 떠올리게 하지만 나는 심리 묘사에 관한 한 이 작품이 한 수 위라고 생각한다.

난쟁이가 춤을 추는 마지막 장면은 가히 압도적이다. 왕자와 왕비가 사형당하고 단두(斷頭)된 그들의 머리가 마치 아무 의미 없는 허드레 쓰레기처럼 무심히 버려진 후─이 장면이야말로 우리가 무슨 생각을 하고 어떤 고뇌를 했든지 간에 아무 의미 없어진 죽음 이후를 상징한다고 나는 생각했다─왕자를 상징하는 관을 쓰고 왕비의 치마를 두른 난쟁이가 각설이타령에 맞춰 덩실덩실 춤을 추는 장면은 비극의 허무함과 인간 조건의 아이러니를 동시에 보여준다. 이 장면은 장엄하고 은유적이며, 비감하고 아름답게 느껴진다.

그리고 연이어 내리는 빗줄기. 이어서 낙랑의 북소리를 의미하는 듯 장엄하게 울려오는 북소리와 함께 들려오는 풍년가는 누군가의 희생 위에서 새로운 시대가 태어나는 '제의적 순간'처럼 느껴진다. 마치《황금가지》의 '희생 제의'를 연상시킨다.

〈달아 달아 밝은 달아〉

심청전을 패러디한 작품으로 심청전을 완전히 해체했다고 할 수 있다. 우리가 익히 알고 있는 효녀, 보은(報恩), 보답 등의 서사나 원래 이야기에 기대하는 환상을 하나도 남김없이 파괴해 버리는 이 '잔혹 동화'는 노약자나 임산부 등 심신이 약한 사람은 읽기 힘들 정도로 비극적이고 슬프며 처참하다.

이 작품에서는 수난받는 여성의 상처와 현실을 있는 그대로 보여준다. 작품 전반에 흐르는 분위기와 극적인 장면의 기술적인 배치는 뛰어나지만 (차마 인용하기 힘들지만) 마지막 장면은 매우 충격적이다. 특히 반전처럼 등장하는 늙은 심청의 웃음은 상처를 지닌 채 살아가는 인간의 모순, 헛된 줄 알면서도 희망을 버리지 못하는 우리의 모습을 의미심장하게 보여주며 깊게 파고든다.

중간중간의 충격적이고 처절한 장면을 용과 비바람, 번개가 치는 그림자로 표현한 것은 정말 잘 계산되고 절제적이면서도 예술적으로 탁월한 영상미를 (그저 글로 읽기만 해도) 생생하게 느끼게 한다. 그래서 이 작품이 오랫동안 수작으로 인정받고 평가받는 것일 것이다.

이 책에 수록된 작품들은 조금 부담스러울 수도 있는 내용이다. 글의 흐름과 묘사가 아름답다 한들 내용이 그러한 감정을 파괴할 수도 있다. 따라서 앞서 말한 대로 임산부나 노약자 등 심리적으로 취약한 이들은 가급적 독서를 피하는 것이 좋으며, 늘 아름다운 것만 보고 싶고 행복한 생각만 하는 사람들 역시 '절대' 피하기를 바란다.

하지만 마음 깊이 사색하고 그 아픔을 느껴본다면, 인간의 본성, 그리고 세상을 보는 눈이 달라질 수도 있지 않을까? 혹시 그런 통찰을 원하는 사람들은 (마음을 다잡고) 한 번 읽어 보아도 좋을 것이라 감히 생각한다. 오래 남는 독서의 경험이 될 것이다.

추천도서 2

《장미의 이름》 움베르토 에코 작

《옛날 옛적에 훠어이 훠이》에 이은 두 번째 추천 도서다. 사실 추천 도서를 제안받았을 때, 조금 걱정스러워 망설였다. 다른 것은 신경 쓰지 않고 오로지 내 선호도만으로 책을 추리면 상당히 '이상한' 책들이 대부분일 것이고—물론 내가 그런 책들을 좋아하는 이유는 내 나름대로 있지만—추천한 사람마저 '이상하게' 보일 수도 있겠다는 생각이 들었기 때문이다.

예를 들어, 제일 감명 깊게 읽은 책이 무엇이냐는 물음에 누군가 "《수학의 정석 2》요"라고 답한다면, 나만 해도 '무슨 이런 미친 X가 다 있나?' 하고 생각했을 것 같다. 또 누군가 "《천체물리학》이요"라고 답한다면 당연히 '네가 스티븐 호킹인 줄 아냐?'라고 했을 테니, 말하자면 그런 위험까지 느꼈다는 뜻이다. (아, 그러고 보니 내가 좋아하는 책들 중에 《천체물리학이 발견한 창조주》가 있기는 하다. 음, 위험하군.)

이런 이유로 그나마 좀 나은 책으로 '애써' 선정한 두 번째 책의 내용이다.

자신들이 오로지 유일한 진리라고 믿었던 그 모든 일들이 한순간에 허물어지는 모습을 보면 사람들은 어떤 반응을 보일까? 좁은 시야에 갇힌 사람들은 그것이 틀렸음을 알면서도 오히려 더 집착하는 이상 반응을 보인다고 한다. 그런데 이런 현상을 보면서 우리가 느낄 수 있는 가장 근본적인 의문이 있다. 과연 진리라는 것이 존재하기는 하는가? 보편타당하다면 그것이 무조건 순리라고 믿어도 되는 것일까? 지금 소개하는 책은 이런 질문에 좋은 대답이 될 수 있는 내용을 담고 있다.

중세 시대는 다른 어떤 시기보다 세계관과 종교관이 분명하고 확고했던 때였다. 성경이 압도적 지위를 차지하여 다른 어떠한 사상도 끼어들 틈이 없었기 때문이다. 그야말로 '순수의 시대'였다. 하지만 아이러니하게도 그 '확고한 진리'의 종교는 사람들의 정신을 억압하고 세속의 가치를 좇으며 빠르게 타락해 갔다. 교회는 점점 민중의 재산을 갈취하고 사리사욕을 채우며 탐욕적인 권력으로 변해갔고, 절대적인 힘으로 민중 위에 군림했다.

《장미의 이름》은 중세 수도원에서 벌어진 연쇄 살인사건을 파헤치는 일종의 추리소설이다. 책을 통해 우리는 작가 움베르토 에코가 어떤 사람인지 잘 느낄 수 있는 여러 특징을 발견하게 된다. 그는 언어학자이자 기호학자이며, 명석한 두뇌와 뛰어난 유머 감각을 지닌 인물로, 장소와 시간뿐 아니라 공간적 배치까지 믿기 어려울 만큼 정교하고 세밀하게 묘사한다. 마치 영화를 염두에 둔 것이 아닐까 하는 생각이 들 정도다. 더 나아가 그의 묘사는 자칫 '너무 과하다(too much)'라는 느낌까지 준다.

하지만 조금만 집중해 보면, 그가 시대 상황과 문화적·역사적 배경을 일목요연하게 설명하고 있는 이유를 자연스럽게 이해하게 된다. 그가 언급하는 모든 내용은 철저한 검증을 거친 '사실적' 묘사로, 버릴 내용이 하나도 없다.

이 책은 유명한 만큼 많은 이들이 도전해 보았지만('도전'이라는 표현에도 그만한 이유가 있다. 단번에 완독한 사람이 드물다) 대부분 읽다가 좌절을 맛보고 포기하게 된다. 나 역시 몇 번의 도전 끝에 겨우 완독했다고 자수한다.

내용이 쌈박하고 속도감 있게 흐르는 가독성 좋은 책들과는 전혀 반대에 속하는 책으로, 토론 중에 내용이 산을 넘고 바다를 건너 하염없이 다른 데로 갔다가 가까스로 본 줄거리로 돌아오는 장면이 거의 매 챕터마다 펼쳐진다. 하지만 오랜 시간이 지나 다시 읽으면, 20대 초반에 읽었을 때와는 확연히 다른 점을 발견하게 된다. 박물학, 본초학, 연금술, 전설과 신화, 역사, 신앙과 사상, 심리 분석 등 인문학과 과학의 보고라 할 만큼 무궁무진한 지식이 응축되어 있다는 것을 알 수 있다.

여느 작가라면 이런 책을 쓰고 나면 그야말로 '탈탈 털려서' 다른 책을 쓰는 것은 거의 불가능할지도 모른다. 아는 지식이란 지식을 모조리 쏟아부은 대작이기 때문에 다음 책은 담을 내용이 거의 없을 것처럼 느껴지기 때문이다. 그래서 움베르토 에코가 위대한 작가인 것이다.

그는 이런 책을 썼음에도 불구하고 이후에도 수많은 걸작을 남겼고, 이와는 전혀 결이 다른 유머와 위트가 넘치는 작품도 다수 집필했다. 내가 아주 좋아하는 《세상의 바보들에게 웃으며 화내기》(원제는 《연어와 여행하기 *Traveling with Salmon*》), 《미네르바 성냥갑》 역시 강추한다. 그의 참신한 시각과 신랄한 유머를 읽고 있노라면 카타르시스가 느껴질 정도다.

그의 글과 비슷하게 신랄하고 위트 있는 빌 브라이슨의 책들, 그리고 헤럴드 J. 모로위츠 같은 작가들의 책도 지금의 내 문체에 상당한 영향을 미쳤음을 인정한다. (아! 차라리 이 책들을 추천할 걸 그랬나 보다.)

하지만 오늘은 《장미의 이름》이 주인공이니 이야기를 계속 하도록 하자.

이 소설은 늙은 수도사 '아드소'가 젊은 시절 겪었던 내용을 회상하며 기록하는 형식으로 전개된다. 그의 스승 윌리엄은 수도원의 살인 사건을 조사하며 수도원에 오랜 세월 묻혀왔던 비밀을 밝혀낸다.

이 소설에서 가장 중요한 장소는 '장서관'이다. 도서관과 같은 기능을 하는 이곳은 귀한 도서들을 보존하고 수도사들이 신청하는 책을 빌려주는 기능을 하지만, 동시에 지식을 억압하는 공간이기도 하다. 불경한 도서는 대출이 금지되어 있다. 금단의 구역인 이곳은 불경한 도서를 꼭꼭 숨김으로써 자신들이 믿는 소위 '진리'라는 것을 지키려 한다. 하지만 흐르지 못하고 갇힌 지식은 이미 그 의미를 상실한 것이다. 책에서는 윌리엄의 입을 빌려 이렇게 평한다.

"지식이 우둔한 자를 밝히는 데 쓰이지 않고 다른 지식을 은폐하는 데 쓰이고 있으니 이 아니 한심한 일이냐?"

이 책에서 우리에게 던지는 질문의 요지는 이렇다.

"과연 완벽한 진리는 존재하는가?"

소설에 등장하는 인물들은 그렇게 갇힌 장소에서 자신들이 볼 수밖에 없는 닫힌 시각을 오로지 유일한 진리라고 믿으며 평생을 살아온 사람들이다. 그것을 숙명처럼 따르던 이들은 생경한 사실 앞에서 깊은 충격에 빠진다. 그리고 새로운 사실을 알아낸 사람은 그것을 은폐하기 위해 살인을 저지르게 된다.

윌리엄과 아드소는 우여곡절 끝에 모든 전말을 밝혀내지만, 결국 그 많은 지식을 모두 불태우는 허무한 결말을 맞게 된다.

끝내 타협하고 화합하지 못한 '지식'과 '종교'라는 이 두 체제는 결국 함께 동일한 종말을 맞게 된 것이다. 이 결말 후 재가 되어버린 그 많은 지식은, 무너진 성전과 함께 물리·화학적으로나마 결합할 수 있었을까?

이 이야기는 중세를 그려냈다. 암울하고 한심했지만(그것이 옳든 그르든) 군건한 믿음만은 '낭만적인' 그 시대에 일어났던 오류를 집어냈다.

이 이야기를 무식하고 암울한 중세의 시대상이라고 쉽게 치부할 수도 있겠지만, 그렇다면 우리가 살아가는 지금의 시대는 과연 어떤까?

움베르토 에코는 "현대는 새로운 중세다"라고 말했다.

우리는 스스로 합리적이라 여기지만, 자신의 생각에는 오류가 없을 것이라는 함정에 빠져 자신의 기준으로 타인을 판단하고 강요하며, 이에 동의나 찬성하지 않는 이들을 억압하고 폭력과 탄압을 주저하지 않는다.

과연 우리는 중세 사람들의 수준에서 조금이라도 더 현명해진 것이 맞는가?

이 소설의 제목은 《장미의 이름》이다. 하지만 이 제목만으로는 도무지 글의 내용을 유추하기는 어렵다.

가톨릭에서 기도에 쓰는 묵주를 '로사리오(Rosario)'라고 한다.

묵주의 비드 한 알 한 알이 모두 장미 꽃봉오리를 뜻한다. 그리고 가장 고귀한 가치를 말할 때도 장미에 비유하곤 한다. 하지만 장미도 영원하지 않으며 언젠가는 시들어 버리는 존재일 뿐이다. 언젠가는 결국 사라질 수 있는 것이다.

움베르토 에코는 제목의 의미에 대해 수도 없는 질문을 받았지만 제대로 답한 적이 없다. 오히려 작가가 제목을 풀이하면 독자들의 다양한 생각과 해석을 막을 뿐이라고 했다.

그는 언젠가 이렇게 말했다.

"우리에게서 사라져 가는 것들은 그 이름을 뒤로 남긴다. 이름이라는 것은, 언어가 이 세상에 존재하는 것은 물론이고 존재하다가 그 존재하기를 멈춘 것들까지 드러낼 수 있음을 보여준다."

내 생각은 이렇다. 바로 이 대목을 말함으로써, 움베르토 에코는 지금은 지극히 아름답고 숭고해 보이지만 (혹은 그렇게 믿어지지만) 언젠가 시들어버릴 수 있는 대상—바로 장미—그 이름을 택한 것이라고.

에코는 소설의 마지막에 아드소의 입을 빌려 이렇게 썼다.

"지난날의 장미는 이제 그 이름뿐. 우리에게 남은 것은 그 덧없는 이름뿐."

《화성 연대기》

저자의 이름은 기억나지 않는다. 의예과 1학년쯤 읽었던, 삼중당 문고의 문고판으로 나온 조그마한 책에 실린 소설이었다. 내용은 조금 '이상한' SF였다. 전혀 과학적인 것 같지 않고 오히려 정신과나 심리학적 관점이 많이 반영된 것처럼 보였다. 아주 가끔 과학적인 내용이 나오기는 하지만, 그것은 말하자면 양념일 뿐이지 본질은 아니었다.

전체적인 내용은 이렇다. 미래의 어느 날, 화성으로 날아간 지구인들이 텅 빈 별에 정착했는데, 이후 정착 단계부터 이상한 사건들이 벌어진다.

느닷없이 화성에 침입한 지구인들은 별을 답사한 결과, 화성의 주인은 이미 사라졌거나 멸종해가는 것으로 파악했다. 어디에도 화성인은 없었고, 그들이 남긴 폐허와 오래된 상징들만 남아 있는 스산하고 황량한 별이었던 것이다.

그러나 화성인이 정말로 사라진 것은 아니었다. 초기에는 화성인과 지구인 모두 서로를 잘 인지하지 못하는 상황이 발생했다. 서로 시간과 공간 차원이 다르거나 혹은 인지(recognition) 능력의 차이로 인해 상대를 올바르게 파악할 수 없었던 것이다. 가끔 조우하더라도 서로에게 익숙한 개념(concept)만으로 투영된 허상을 볼 뿐이었다. 즉, 자신에게 익숙한 모습과 개념만으로 상대를 이해하는 문제가 있었다.

초기 단계에서는 화성인들이 지구인들을 외부 침입자로 보지 않았다. 대신 화성인의 특징 중 하나인 '염력'을 이용해 아주 잘 구성된 허구를 만들어 내는 범죄자이거나 아니면 정신병자쯤으로 취급했다.

화성에서는 이렇게 사회 질서를 어지럽히는 자들을 처음에는 설득하거나 치료하는 방법을 사용했다. 하지만 너무 악질적이거나 병세가 악화된 경우에는 이들이 만들어내는 환상과 허구가 주변에 전염될 수 있기 때문에 곧바로 처단했다. 보통 죽고 나면 그가 만든 허상은 모두 사라지게 되어 있었다.

하지만 처음 도착한 지구인을 살해하고 나서도, 그들이 공상과 염력으로 만들어 낸 것으로 생각했던 우주선, 기구들, 사체가 전혀 바뀌지 않고 그대로인 것을 본 화성인은 자신도 이미 이 질환에 전염된 것으로 생각하고 스스로 목숨을 끊는다. 그러나 그 장면 역시 변화가 없었고, 이 일은 극비리에 처리되었다.

이후 두 번째 탐사팀이 화성에 도착했을 때, 그들이 발견한 것은 바로 자신들의 고향이었다. 분명 화성이라는 것을 알지만, 과거 자신들만 알 수 있는 비밀스러운 모습과 추억까지 모두 재현하고 있는 가족들과의 만남에 그들은 혼란에 빠지게 된다. 각자 자신의 가족(이미 사망한 사람들까지 포함)을 고향집(그곳이 어느 지역이건 상관없이)에서 예전 그대로의 젊고 건강한 모습으로 만나게 되면서, 점차 의심의 벽도 무너지고 마치 과거 어느 시간의 어린아이가 된 듯 그 품에 빠져들었다.

그 모든 것은 탐사팀을 살해할 목적으로 화성인들의 염력으로 치밀하게 꾸며낸 위험한 음모, 즉 '덫'이었다. 이 '덫'은 너무 완벽했는데, 인위적으로 꾸민 것이 아니라 거울을 보듯 자신의 생각이 자신이 원하는 대로의 모습으로 투영되어 보이는 방식이었다. 결국 자신이 '보고자 하는 모습만' 본 것이다.

시간이 흘러 더 많은 지구인이 화성으로 유입되었다. 지구인들은 화성인이 이미 멸종했다고 결론짓고 마을을 꾸미고 영역을 확장했다. 화성인의 멸종 원인은 지구로부터 유입된 '대상포진(Herpes zoster)'으로 확인되었다. (이 얼마나 희극적인가?)

이 대목은 중남미 아메리카 원주민들이 서양에서 유입된 천연

두와 전염병으로 씨가 말랐던 역사를 의미한다. 그 야만의 역사에 대한 통렬한 비판을 이렇게까지 희화(戱畵)하는 작가의 뛰어난 유머 감각에 찬사를 보내고 싶다.

하지만 실제로 화성인들이 멸종한 것은 아니었다. 지구인이 화성에 안착하여 식민지를 건설하고 삶을 영위해 나가는 동안, 화성의 원주민들 역시 그들의 생활을 이어가고 있었다. 다른 시공간 차원에서 살아가는 까닭에 화성인의 대부분은 지구인들의 침입을 인지하지 못했다. 가끔 시공간이 맞닥뜨리는 특수한 경우에는 서로 조우(遭遇)하기도 하는데, 지구인과 화성인 모두 서로 말이 통하지 않고 그것이 무엇을 의미하는지 알 수 없었으며, 심지어 그것이 꿈인지 현실인지조차 깨닫지 못했다. 서로 손을 내밀어도 공허하게 지나쳐 버리는 환영처럼 느껴지는 것이다. 결국, 인지되지 않는 모호한 실체에 대한 모호한 개념만이 전달되어 실재하지 않는 것으로 파악된다는 뜻이다.

당시 나는 이 소설을 읽고 꽤 큰 충격에 사로잡혔다. 적절하게 희화되었고, 어찌 보면 실없을 수도 있는 SF의 본질, 즉 '황당함'에 충실한 작품임이 분명하지만, 내가 받은 인상은 그 이야기가 단절된 우리 사회와 사상의 불행한 단면을 암시하는 것처럼 느껴졌다.

물론 이 글이 서양의 제국주의를 시사하며, 아메리카 원주민들을 공격하고 그 사회를 말살한 야만적 '문명'을 비판한 작품이라는 해석이 지배적이다. 하지만 나는 이런 큰 틀보다는 내용에 담긴 현대 인간의 소외와 사회의 단절에 주목했다.

실존은 모호하고, 서로 본질을 외면한 채 살아가는 사람들. 그리고 같은 공간 내에서도 서로 다르게 흐르는 시간들. 조우해도 서로 인지하지 못하고, 단지 그때를 벗어나면 쉽게 잊히는 존재들. 이 글의 내용은 당시 내 생각의 많은 부분을 차지했던 '시간'과 '실재'라는 문제에 대한 의표(意表)를 찌르는 지적이라고 느꼈었다.

내가 소위 '철학적 사유'를 시작할 무렵 처음 접한 사상의 '나쁜 영향'으로 실존주의라는 구닥다리 사상에 얽매여 여태껏 헤어나지 못하고 있음을 솔직히 시인한다. 내게 (일생 동안 가져가야 할 듯한) 화두는 늘 실존과 시간이었다. 너무 황당하고 어떻게 해도 도무지 움켜쥘 수 없는 그것을 붙들고 있기에 엄청 헤매고 있는 것이 사실이지만, 이 책을 통해 나는 한 걸음 더 나아갈 수 있는 실마리를 잡을 수 있었다고 생각한다.

우리의 실존이란 것은 바로 우리가 보고자 하는 것, 우리가 쌓아 온 시간의 경험과 개념들의 총화로 투영된 '생각 속의 모습'이다. 실제의 모습은 없을지도 모른다. '나'라는 개념은 나의 '시간'이지, 어쩌면 나의 '실체'는 아닐 수 있다. 그렇다면 어떻게 '나'를 찾을 수 있는가? 그리고 어떻게 나의 '시간'과 함께 흐를 수 있는가?

그것이 나에겐 늘 어려운 숙제다. 소설가 이청준의 《시간의 문》이나 이문열의 《금시조》를 보면 언제나 파국에 이르러서야 이 실재와 조우하게 되는데, 정말 그처럼 어려운 일일까? 무언가 큰일이 일어나지 않고는 도저히 접근할 수도 없다는 것일까?

그래서 늘 그것이 나의 목마름이다. 이 가을, 화성에 갓 도착한 신출내기처럼 손을 내밀어도 실체에 닿지 못하는 안타까운, 그런 목마름의 계절이다.

진경

처음으로 '외부' 환경에서 일을 할 때였다(오랜 세월 연세대학교 바운더리 안에서만 살았던 삶에 뭔가 기이한 변화가 시작된 시점이 되겠다). 우연한 기회로 장기간 중국을 방문하게 되었다. 당시 내가 삼*그룹 병원의 소속 의사였기 때문에, 그 그룹에서 기획한 대학생을 위한 미래 프로그램에 팀닥터로 합류하게 된 것이다. 내가 속한 팀은 베이징-서울-도쿄 탐방단(BeSeTo program이라 불림) 중 중국팀이었다.

그때까지 나는 한 번도 가보지 못한 나라였지만, 그전부터 중국과 아시아 초원 지역의 역사에 관심이 많았던 나로서는 더없이 좋은 기회였다. 그리고 기대 이상으로 중국의 문화에 압도되고 매료되었다.

뭐든 '산 좋고 물 좋고 정자까지 좋은 곳은 없다'는 옛말처럼, 중국이라는 나라는 그 훌륭한 문화와 고대 문명으로부터 이어 내려오는 많은 '자산'을 그야말로 탕진하고 있다는 생각이 들었다. 이런 생각은 보면 볼수록 더 깊어졌고, 정말 안타깝다는 말 외에는 할 말이 없었다.

진시황(秦始皇)의 무덤을 발굴하다 진용(秦俑) 갱도에서 길이 90센티미터 정도의 청동검 19자루가 나왔는데, 그 검들은 마치 방금 제조한 것처럼 빛이 났다고 한다. 심지어 그중 한 자루는 수백 킬로그램에 달하는 돌 조각상에 깔려 있었는데, 그 조각상을 치우자마자 용수철처럼 튀어 오르면서 구부러진 칼이 반듯하게 복구되었다고 한다. 정말 신기한 일이다. 이 정도로 (엥간히 하고) 끝냈으면 별문제 없었을 텐데, 이들은 이런 현상을 두고 "진나라 시대에 이미 크롬 도금 기술이 있었다. (그래서 칼이 녹슬지 않고 빛났다.)"라고 호들갑을 떨었을 뿐만 아니라, 구부러진 칼이 원래의 형태로 돌아온 것은 "당시에 기억형상 합금 기술이 사용되었기 때문"이라고까지 했다.

이쯤 되면 중국을 좋아하는 나로서도 뭐라고 편을 들어야 할지 난감할 따름이다. 그보다 더한 이야기도 있다. 진나라 궁전에는 진귀한 보물인 거울이 하나 있었는데, 이를 진경(秦鏡, 진나라의 거울이라는 뜻)이라고 한다. 이 거울은 가로세로 길이가 120×180센티미터로 대형 거울인데, 여기에 비추면 사람의 오장육부가 훤히 보이고, 사심(邪心)을 품은 사람은 금방 쓸개가 부풀고 심장이 두근거린다고 했다. 그래서 진시황은 신하들의 속을 비추어 보는 것을 즐겼으며, 사심을 품은 징후가 있으면 바로 체포하고 심문하여 처벌했다고 한다. (궁예의 관심법이 떠오르는 대목이다. 편집증적 혹은 정신분열적 성격이 있는 독재자에게 딱 어울리는 행태가 아닐 수 없다.)

여기까지는 그랬다 치자. 오늘날 이 거울을 두고 이들은 "CT나 MRI 기능을 갖추었으며, 심지어 거짓말 탐지기능까지 있는 기계를 만든 것"이라고 주장을 한다고 하니, 더 이상 무슨 말을 해야 할지 모르겠다.

옛날 기억을 더듬어 보면, 중학교 시절에 읽었던 《리더스 다이제스트》의 짧은 유머 중 고고학에 관한 내용이 있었다.

"고고학자들이 (어떤 지역의) 땅을 20피트 파고 내려가 구리로 만든 길고 가느다란 토막을 발견했다. 그것을 연구한 그들은 마침내, '2000년 전에 이 지역의 사람들이 전신(電信)을 발명했다'고 결론지었다. 그러자 다른 지역의 고고학자들이 땅을 30피트 파고 내려가서 아무것도 발견하지 못하자, '이 지역에서는 3000년 전에 이미 무선통신(無線通信)을 발명했다'고 발표했다."

잘은 모르지만, 원래 고고학은 무척 어렵고, 거의 부스러기 정도의 증거만을 가지고도 사람들이 납득할 만한 스토리를 만들어 내야 하는 극한의 학문이라고 알고 있다. 내가 평소 동경하고 존경하기까지 하는 학문 분야이기도 하다. 하지만 자칫 딴 마음을 먹거나 지나친 상상력을 발휘하면 이렇게 우스꽝스러운 꼴이 되고 만다.

뭐든 일단 튀고 보자는 의도가 아니라면, 이런 행동은 매우 무모하며 결국 부메랑이 되어 돌아오기 쉽다. 고고학뿐 아니라 사람이 살아가는 모든 분야가 그렇다는 것은 어린아이들도 알 만한 일이다. 그런데 정작 오류를 저지르는 사람은 스스로 그것을 깨닫지 못한다는 것이 문제일 뿐이다.

불멸의 꿈

구약 성경에는 인간의 수명이 약 900년 정도였다고 기록되어 있다. 아담은 930세까지 살았고, 그의 아들인 셋은 912세, 3대인 에노스는 905세까지 장수했다고 한다. 중간에 에녹이 365세로 단명(?)했지만, 노아까지는 적어도 700세는 넘겼다고 기록되어 있다. 가장 오래 산 인물은 노아의 할아버지 므두셀라로, 그는 969년을 살았다. (물론 생물학적 관점에서 보면 이런 수명은 가히 '신화적'이라고 함이 옳아 보인다.)

　과학자들은 모든 동물은 성숙에 이르는 시간의 여섯 배 정도를 살 수 있다고 말한다. 물론, 사고나 질병 등 외부적인 요인이 없다는 가정하에서다. 이를 적용해 사람이 성숙하는 데 20년이 걸린다고 보면, 인간의 '정상적인' 수명은 120세 정도가 된다. 하지만 인간은 아직 이런 정도의 수명을 누리지 못한다. (성경의 선조들을 제외하면 말이다.) 평균 수명은 최근에 들어서야 70대에 도달했다. (2024년 기준 세계 인구 평균 수명 73세, 한국 평균 수명은 83.5세) 불과 얼마 전만해도 기대 수명은 40대 수준이었다. (1950년 기대 수명은 46.4세.)

기네스북에 기록된 세계의 최장수 인물은 122세까지 산 프랑스 여성이다. 이 여성은 100세에도 자전거를 탈 만큼 건강했고, 임종의 순간까지도 정신이 또렷했다고 알려져 있다. 정말 축복받은 인생이 아닐 수 없다.

과학은 오래전부터 장수라는 주제에 힘을 기울여 왔다. 불로장생을 꿈꿨던 옛사람들의 노력은 현대에도 이어져, 의과학 분야의 가장 중요한 연구의 주제로 남아 있다. 현대 의과학의 수많은 연구 주제의 근본적인 개념은 딱 한 가지로 정의될 수 있다. 일단 '병을 막으면 좀 더 장수에 가까워질 것'이라는 생각을 기반으로 한다. 이런 연구들 중에도 흥미로운 것이 상당수 있는데, 그중 대표적인 것은 장수하는 생물들의 특징을 연구하는 것이다.

이 가운데 특히 주목받는 생물이 벌거숭이두더지쥐(*Heterocepalus glaber*)다. 이는 동아프리카에서 발견된 설치류로 이름과는 달리 두더지와는 관련이 없고 쥐의 일종이다. 평균 75마리(20~300마리)의 무리가 집단을 형성하며 사는데, 개미처럼 역할분담이 있고, 계급 체계가 뚜렷한 진사회성(Eusociality)을 보이는 몇 안 되는 생물 중

하나다. 이 생물의 수명은 30년 이상이고 이를 인간의 수명으로 환산하면 800년 이상 사는 것과 같다. 긴 시간을 버티려면 특별한 생물학적 특성이 있어야 하는데, 이들은 통증을 잘 느끼지 못하고, 산소 포화도가 낮은 환경에서도 오랜 시간을 버틴다. 또한 암에 대한 강력한 내성을 지닌 것으로 밝혀졌다. 사람들은 이 특별한 생물에게 성경의 최장수 인물인 '므두셀라'라는 별명을 붙였다.

현재 이 동물은 학명이나 공식적인 명칭보다 므두셀라라는 이름으로 더 많이 불리고 있으며, 이 장수의 비밀을 밝히기 위해 전 세계의 많은 기관에서 경주하듯 연구하고 있다. 일부 밝혀진 내용만으로는 아직 이들을 인간에 적용하기는 어려운 단계다. 그리고 이 신비한 동물의 비밀이 한두 가지의 분자생물학적 특징을 잡았다고 다 간파할 수는 없을 것이다. 인간들이 스스로를 파악하기 위해 선사시대부터 지속적인 연구를 추구해 왔음에도 아직도 '장님 코끼리 더듬는' 수준임을 생각하면 쉽게 이해가 될 것이다. 언젠가는 우리가 늙어가는, 그래서 소멸하는 비밀을 밝혀낼지도 모른다.

하.지.만.

과연 그게 옳은 일일까? 나는 늘 그런 생각을 한다. 과거의 일을 돌아보면 오래 산다는 것이 축복임은 분명하지만 언제나 그랬던 것은 아니다. 내가 좋아하는 영화 〈하이랜더〉를 보면 주인공이 혼자 오랜 세월을 살아가는(혹은 살아남는) 것을 견디지 못해 괴로워

한다. 그것이 영화의 주된 흐름이다. 또 신화에서도 신들(Immortals) 이라고 표현되는 존재가 아닌 우리 필멸의 존재들에게 장수는 축복이 아니라 저주였던 경우가 더 많았다.

그중 하나가 새벽의 여신 에오스의 연인이었던 트로이의 왕자 티토노스다. 에오스는 제우스를 설득해 자신의 사랑하는 연인 티토노스에게 불멸성을 선물했다. 하지만 영원한 젊음을 유지하게 해 달라는 요청을 깜빡 잊고 말았다. 결과는 불을 보듯 뻔했다. 날이 갈수록 늙어가는 티토노스는 백발이 되고 수족을 움직이지 못하게 되었는데도 죽지 않았다. 결국 에오스는 그를 매미로 변하게 했다고 전해진다. '새벽'과 '늙음'의 인연은 끝내 함께할 수 없는 비극이었다. (사족. 그러고 보면 트로이의 왕자들은 죄다 지지리 복도 없었던 것 같다.)

여신 혹은 무녀였던 시벨레(키벨레, Cybele) 이야기도 있다. 평범한 인간이었던 그녀는(다른 내용에서는 제우스의 딸로 묘사되기도 한다) 아폴론의 사랑을 받아 예지력과 긴 수명을 선물받았다. 그녀는 한 줌의 모래를 가져와, 모래알 개수만큼의 생일을 맞게 해 달라고 요청했다. 그녀 역시 젊음을 유지하게 해 달라는 말을 깜빡 잊었다. 그 결과, 1000년이 넘는 세월을 계속 늙으면서 살았고, 그 '저주'가 끝나고서야 비로소 영면할 수 있었다.

지금 이 순간에도 수없이 많은 사람들이 꿈 같은 수명 연장을 위해 머리를 싸매고 전력투구하고 있다. 현대의 뛰어난 과학 수준과 다양한 방식의 연구를 고려한다면 머지않아 이 꿈이 실현될 가능성도 없지 않다. 과거 연금술사나 방사(方士)라고 불리던 사람들의 연구에서도 '금'이나 불로불사의 '단약'을 만들어내지는 못할지라도 그 과정에서 파생된 지식이 우리를 이롭게 할 가능성이 있는 것처럼 말이다. 여기에도 우리가 생각해야 할 부분은 분명히 있다. 무엇을 연구하든 그것을 주도하는 사람의 의도가 중요하고, 또 결과에 대한 예측과 전망이 필요하다. 나아가 결과물이 불러올 파장 또한 충분히 고려해야 마땅하다.

오래 살 수 있게 만들려는 목적 하나에만 집착한다면, 분명 그 대가로 다른 무언가를 잃게 될 가능성을 예상하고 염두에 두어야 한다. (세상에 공짜는 없고, 어떤 목적이 이르는 데 드는 총 에너지량은 언제나 동일하다.)

세포의 예를 들면, 분열을 계속하면서도 죽지도, 노화하지도 않고 버티는 세포가 있긴 한데, 우리는 그런 세포를 일반적으로 '암세포'라고 부른다(immortalized cell = cancer cell). 정상적인 세포들은 일정 단계까지 분열하면 더 이상의 성장을 멈추고 노화되다가 결국 소멸하고 만다. 세포주(cell line)의 대부분이 암세포에서 비롯되고, 일반적인 체세포가 드문 이유도 바로 이런 까닭이다.

젊음이 동반되지 않은 장수를 과연 축복이라 할 수 있는가? 긴 세월을 영위하는 것이 고통스럽기만 하다면 과연 그 긴 수명은 무엇을 의미하는가? 사람들은 오래 살기를 바라지만, 그 결과가 결코 아름답지 않다면….

그걸 어떻게 바라보아야 옳을까? 그렇다. 오래 사는 것도 중요하지만, 잘 사는 것 역시 그 못지않게 중요하다.

Staying alive, staying young!

유전자 분석 - Era of genome 그리고 SF 명작들

1990년대부터 과학의 발전은 눈부시게 이루어졌고, 거의 모든 분야에서 '한계'라는 개념이 더 이상의 의미가 없는 듯 보였다. 흐르는 시간의 속도보다 발전 속도가 더 빠르게 느껴지는 것이 전혀 무리가 아니었다.

내가 중학교에 다닐 때였다. 기술 과목 담당 선생님은 "이미 인간이 개발할 수 있는 것의 99퍼센트는 다 이루어졌으므로 너희들은 더 이상 할 일이 없을지도 모른다"라고 우리의 미래를 '걱정'해주셨다. 그러나 1970년대와 현재는 서로 이해하지 못할 정도로 차이가 크고, 과연 이 변화가 한 세대 안에서 일어날 수 있는 일인지 의문이 들 정도다.

다행히도 그 선생님의 걱정은 기우였으며, 담당 과목에 맞지 않게 틀린 예측은 오히려 우리에게는 다행스러운 일이었다.

　이러한 과학 발전에 힘입은 바, 의학 분야에서는 유전학과 분자 생물학이 단연 돋보이는 대표 주자라 할 수 있다. 유명한 게놈 프로젝트(Genome Project)가 발표된 후 기생충, 초파리, 어류 등의 분석을 거쳐 인간의 유전자 배열까지 모두 밝혀졌다. 그러나 무슨 일이든 다 마찬가지로 지나친 기대는 그에 상응하는 실망을 동반하는 법이다.

　애초에 기대한 것과는 달리, 인간의 유전자 염기 서열을 확보한 일 자체가 의학의 획기적인 발전을 이룩하지는 못하고 있다. 놀랍게도 원시적인 기생충의 염기 서열이 인간과 비교했을 때, 크게 다르지 않다는 사실을 알게 되었다. 이에 당황한 학자들이 다시 정밀한 검사를 통해 연구했지만 결과는 마찬가지였다.

　현재 과학계는 이것을 사실로 인정하고 받아들이고 있다. 개인적으로 감동 깊게 본 영화 〈Mission to Mars〉에서도 멸망하는 화성에서 지구로 보내진 DNA 조각 하나에서 우리 별의 모든 생명이 탄생했다는 가설을 보여 주었다. 이 주제는 실패한 영화 〈프로메테우스〉에서도 차용되었다. (어떻게 그런 거장이 이 따위 졸렬한 영화를 만들 수 있었는지!)

　지구의 거의 모든 생명체는 하나의 시원(始原)으로부터(그게 세포든 아니든) 발생했기 때문에 비슷한 DNA 구조를 지니고 있으며, 아주 미소한 차이가 인간과 초파리, 기생충에 이르는 변이를 만들어 냈다는 것이다.

자, 그럼 우리가 유전자 정보를 모두 알게 되었으니 이제는 우리가 생명을 창조하는 일도 가능하지 않을까? (아, 물론 '정의'를 위해서지!) 하지만 여기서부터는 심각한 문제가 발생한다. 이제는 더 이상 과학적인 호기심이 아니고, 학문적인 내용을 넘어서게 되며 윤리, 종교, 철학적인 모든 면에 대한 완벽한 준비가 필요하다. 그리고 그런 '미지의 세계' 너머에 존재할지도 모르는 위험에 대한 방비 역시 갖춰야 한다.

그래서 아직 세계적으로도 이와 관련된 연구는 진척이 어렵고 조심스러운 것이다. 물론 어딘가에서 이미 시작하고 있는지도 모르겠다. 마치 'X-file'이나 다른 SF에 나오는 이야기처럼 말이다.

참고로 과거의 복제 양 '돌리'를 떠올린다면 이 이야기는 전혀 다른 것이다. 복제 양은 피부 등에서 체세포(몸의 정상적인 세포)를 얻고, 그 세포에서 핵을 추출한 후(핵에 DNA가 있으므로) 적절한 처리를 통해 다른 양의 난자에 주입하고, 이를 복잡한 과정을 거쳐 수정란처럼 만든 뒤, 대리모 양의 자궁에 착상시켜 출생하도록 만든 것이다. DNA 자체를 인공적으로 만든 것이 아니다.

그럼 이제부터 본격적으로 이야기를 시작해 보자. 내 유전자 정보는 이미 알려져 있으니 그대로 복제해 내면 또 다른 내가 계속 만들어질 수 있지 않을까? 내 DNA 정보만 있으면 '나' 혹은 '나의 일부'를 만들어 낼 수 있지 않을까? 장기 이식의 차원을 넘어 영생이 가능하지 않을까? 물론 가능성이 아예 없는 것은 아니다. 그럴 수 있는 확률이 분명 존재한다. 그러나 그 확률이라는 것을 다시 한번 깊게 생각해 보면, 만약 내가 TV 수상기의 모든 부품을 가지고 있다고 치자. 그것을 큰 통에 넣어 잘 흔든 다음 획 쏟아붓는다면 짠! 하고 번듯한 TV가 떠억 하니 나올 수 있다는 것이다. 물론 확률이 낮지만 말이다(참고 문헌《천체물리학이 발견한 창조주》).

인간의 DNA를 파악하는 일 역시 이와 같다고 생각한다. 그 모든 염기 서열을 알았다 하더라도 하나의 세포를 형성하는 일은 전혀 다른 차원이다. 유전자와 그 외의 여러 구조와 기능들이 매우 정교하고도 복잡하게 얽혀 있기 때문에 과학이 아닌 '어떠한 힘'이 없이는 불가능할 것처럼 생각되기도 한다.

게다가 우리의 모든 세포 내에는 태초부터 잠입해 들어온 외부 침입자가 있다. 인간의 DNA와는 별개의 유전자로 구성되어 있고, 독자적인 진화를 거쳐 오늘날에 이르렀다. 따라서 세대간 유전도 암수의 수정과는 전혀 다른 방식으로 이루어진다.

바로 미토콘드리아(mitochondria)가 그것이다. 이 작은 구조는 세포 내에서 에너지를 만들어내고 고효율의 대사를 수행한다. 그리고 필요에 따라 자체 증식도 한다. 이 미토콘드리아는 핵의 바깥, 즉 세포질에만 존재하기 때문에 특별한 양식으로 모계로만 유전한다. 오로지 엄마에서 자식으로만 이어지는 것이다.

그래서 미토콘드리아를 연구하면 모계를 되짚어 (거슬러) 올라가 인류의 기원을 밝힐 수 있다. 아주 유명한 연구를 통해 현대 인류는 아프리카 동남부 어딘가에서 발생해 지구 전체로 퍼졌으며, 대략 여섯 명의 여성으로부터 이어졌다는 사실이 밝혀졌다.《이브의 여섯 딸들》이라는 책에서 그 내용을 극적으로 재해석해 흥미 있게 보여주었다.

이것은 핵뿐만 아니라 '세포질의 형성'이 또 다른 생명 복제의 난관이 된다는 대표적인 예가 되겠다. 그 외 세포 내부의 여러 소기관 역시 아직 해결되지 못한 문제로 남아 있다. 그리고 우리 몸의 세포는 일정한 방향성을 가지고 분포하는 성향(Polarity)과 각 기관별로 다르게 기능을 형성하는 성질을 지니고 있다. 그래서 몸의 어느 부분에나 동일한 유전자를 가진 세포들이지만, 간(肝)은 간의 특성을, 갑상선은 갑상선의 특성을 나타내는 것이다. 동일한 유전자를 가지고 있는데도 말이다. 아직 그 이유는 명확하지 않다.

만약 하나의 세포를 만드는 데 성공했다 하더라도 이런 배열에 문제를 일으킬 수 있고, 또 적절하게 배열이 맞아 떨어진다 해도 그 기능이 제대로 작동할 것이라는 보장은 없다.

최근 줄기세포를 연구하는 학자들이 거둔 성과에 따르면, 동일한 줄기세포를 각기 다른 조건으로 자극을 주고 유도했더니 어떤 것은 신경세포가 되고 어떤 것은 다른 세포가 되었다. 그러나 그것이 '정상적인' 신경세포와 동일한지는 아직 밝히지 못했다고 한다. 자칫 이런 조작은 줄기세포가 암세포로 변환될 가능성(위험)도 있는 것이라 세심한 연구가 필요한 상태라 하겠다.

참고로 '암'은 초기 단계에서는 그것이 발생된 기관의 고유 세포와 모양이나 기능 면에서 차이가 없는, 그저 정상 세포의 특징을 그대로 지니고 있다. 다만 시간이 지나면서 그 특성이 사라지고 변화가 오지만(이것을 '분화도가 나빠진다'고 표현한다) 초반기 단계의 암은 그저 배열에 문제가 있는 것을 특징으로 한다. 즉 Polarity를 잃고 일정 수준 이상은 자라지 않던 세포들이 분열을 계속해서 걷잡을 수 없도록 증식하는 것이다. 바로 통제되지 않는 상황으로 변하는 것이다.

현재까지는 이런 현상이 세포 내에 존재하던 어떤 DNA 정보의 이상이나 오류로 인해 발생하여 초래한다고 파악하고 있다. 그렇기 때문에 유전자의 오류를 되돌려 놓으면 이 질환이 치료되지 않을까 하는 기대는 가능하다.

그러나 밝혀진 바에 따르면 이런 현상은 한 가지 오류가 아니라 치밀하게 구성된 네트워크 전반에 전부 문제가 발생할 수 있고, 하나의 다른 오류를 초래해서 어디서부터 손대야 할지 도무지 막막한 지경이라는 것이다. 그런 이유로 암을 아직 정복하지 못하는 것이다.

과거 상당한 반향을 일으켰던 〈The Fly〉라는 영화가 있다. 물질을 다른 장소로 전송하는 장치를 만든 천재 과학자가 자신을 전송

하는 실험을 하던 중 파리 한 마리가 전송기에 들어가는 바람에 괴물로 변한다는 내용이다.

이 영화를 보면서 내가 한 생각은, 우리 몸에 있는 장(腸) 내 세균부터 피부에 자연적으로 존재하는 정상 세균들까지, 그 모든 것이 다 전송 과정에서 한 DNA로 뒤섞여 버리면 파리로 변하는 게 아니라 아메바 같은 존재가 되어버릴 수도 있겠다는 것이었다. 설령 파리가 틈입하지 않았더라도 말이다.

그래서 〈스타트랙〉에서 나오는 공간 이동처럼 해체, 전송, 재조합이라는 단순 논리가 허무맹랑한 이야기가 되어버린다는 것이다. 물론 영화를 볼 때 이렇게 시시콜콜 따지는 사람과 같이 보면 무지 피곤하다는 것을 잘 안다. 그러나 나도 나름 과학도인데 어찌 예리한 시각이 없다 하겠는가? 자가당착이긴 하지만, 이렇게 곱씹어 보면 이 또한 매우 재미있는 일이다. 미심쩍으면 직접 한 번 해 보시길 권한다. 영화의 재미가 차원이 달라질 것이다. (물론 피곤한 부작용이 있을 수 있다는 점을 미리 알려 드린다.)

이와는 좀 다른 시각을 가진 작품인데, SF 중에서 불세출의 걸작인 〈쥬라기 공원〉에서는 호박(송진이 화석화된 보석류) 내에 갇힌 모기에서 당시 공룡의 피를 확보하고, 거기서 추출한 DNA를 양서류의 알에 '심어' 공룡을 복원해 테마 파크를 만들었다. 적절하게 통제할 수 있도록 모든 개체는 암컷만 태어나도록 조치했다. (양서류는 수정란이 일정 온도에서는 암컷만, 혹은 수컷으로만 발생할 수 있다고 한다).

여기에서도 앞서 말한 TV 조립 확률과 DNA 혼합의 문제가 공히 존재하는 딜레마가 있다. 그러나 이 작품의 위대한 점은 거기에 출연한 공룡이 모두 다 암컷이었음에도 자체적으로 생식해 개체수를 늘려간다는 장면을 보여준 것이다.

양서류의 알을 사용했다는 사실이 이 장면의 치밀한 복선이자 생물학적 핵심(key point)이다. 양서류는 특정한 조건—예를 들어 환경이 악화되거나 성별의 불균형으로 생식에 장애가 되는 시점—이 되면 성체가 성전환을 하기도 한다.

바로 '자연은 늘 자신의 길을 찾게 마련이지'라는 명대사를 낳은 것이다. 나는 이 대사 덕에 평소 시답잖게 생각하던 마이클 크라이튼을 다시 보게 되었다. 이 작품에서 보여준 바와 같이 자연과 생명의 본질은 복제된다는(replication) 것이다. 자신의 DNA가 복제되어 연속적으로 전달된다는 그 특성이야말로 살아있음의 증거이자 핵심이라는 말이 되겠다.

지금 이 순간에도 우리 몸에서는 끊임없이 세포 분열과 복제가 일어나고 있으며, '특정한 조건이 되면' 자웅의 결합을 통해 또 다른 복제가 일어나는 것이다. 분류하면 전자는 무성생식, 후자는 유성생식이 된다. 이렇게 생명은 끊임없이 이어진다.

생명의 연속성은 인류의 최대 희망이고 개인적인 가치로도 최고 우선순위를 가진다는 점은 이론의 여지가 없다. 그러나 나는 희망한다.

만약 미래의 어느 날, 인류가 생명의 신비를 완벽하게 깨우칠 날이 오더라도 그냥 그대로 덮어 두기를, 그 영역을 굳이 들추어 내지 말고 신비롭게 남겨 두기를. 그냥 미지의 힘이 머무는 자리로, 우리 마음속 한 켠의 피난처로 보존해 두기를.

우리는 자연과 환경의 지대한 혜택을 받아 이렇게 살아남아 있고, '씨'를 퍼트려 지구에 막대한 지장(영향)을 주고 있는 것은 사실이다. 이제는 우리가 그 어머니 별, 지구에 보답할 때가 되지 않았을까 생각한다. 스스로 적당한 시기에 자연스레 물러나 자연과 동화되는 것도 아름다운 일이 아니겠는가? 제 아무리 생명의 진실을 알고 그것을 조작할 능력이 생긴다 하더라도 말이다.

오래된 장난감

웬일인지 나에게는 장난감에 대한 추억이 없다. 아무리 기억을 더듬고 애를 써봐도 딱히 아끼거나 좋아했던 대표 장난감이 없다. 그저 블록 같은 것(요새처럼 비싸고 정교하지 않은)으로 이렇게 저렇게 뭔가 만드는 것을 좋아했던 것 같지만, 그 외의 것들에는 전혀 관심이 없었다.

대부분의 사람들은 어릴 적 자신이 좋아하거나 애착했던 장난감에 대한 기억을 갖고 있을 것이다. 푹신하고 보송보송한 곰인형을 좋아했던 사람도 있고, 총이나 칼에 흥미를 느끼거나 미니카에 빠졌던 사람도 있을 것이다.

아이가 성장하면서 발달 연령에 맞는 것들을 (견디기 어려울 정도로) 좋아하고 끊임없이 사달라고 졸라대기도 하지만, 시간이 지날수록 '수준에 맞지 않는', '유치한' 것들을 마치 다른 사람이 된 것처럼 외면하고 흥미조차 느끼지 않게 된다. 어떤 마술이나 급격한 변화를 겪는 듯 태도가 돌변하는 것이다. 전혀 새로운 것을 찾고, 또 다른 세계에 대한 무궁무진한 흥미를 보이는 것과는 달리 '구시대의 유물'은 용도 폐기되어 기억에서도 점점 흐려진다.

그렇다면 잊힌 그 장난감들은 어떻게 되는가? 애니메이션 〈토이 스토리〉의 내용처럼 분명 용감하게 스스로를 지키는 자구책을 만들 수는 없겠지. 한때 환대를 받다가 어느 순간 먼지가 쌓인 초라한 상자에 갇힌 채 구석에 처박혀 세월을 보내게 될 것이다. 그러다 어느 날 폐기되거나 사라질 것이다. 동생이 있거나 형제자매가 많은 환경에서는 그 '존재 가치'의 기간이 조금 길어질 수는 있겠지만 그것은 정도의 차이일 뿐, 결국엔 의미 없는 존재로 전락하는 때가 온다. 마치 인생처럼, 운명처럼.

요즘은 소통의 시대다. SNS의 거대한 물결은 수많은 사람을 흡수해 하나의 문화이며 시대의 필수 패턴으로 자리매김했다. '숫자가 바로 힘이 된다'는 기묘하지만 무시할 수 없는, 이제는 당연한 하나의 사회 현상까지 만들어냈다.

내 후배 임○○은 트위터 팔로워(twitter follower)가 3만 명을 넘자 집권당에서 만나자는 연락이 왔다고 한다. 그리고 하잘것없는 '의사 나부랭이 노릇' 하지 말고 정치에 입문하라는 권유를 받았다고 한다. 심지어 비례대표의 앞번호 제안까지 받았다며 자랑했다(확인된 바는 없지만). 그러면서 나에게 "제가 보건복지부 장관이 되면 선생님은 특별히 살려 줄게요. 나머지는 손 좀 봐야겠지만요"하며 너스레를 떨었다. (아직 장관 물망에 오른 것 같지는 않으니 정말 다행스러운 일이 아닐 수 없다.)

그가 SNS에서 떠오르는 인사로 주목받는 과정을 옆에서 지켜본 나는, 이건 정말 딱하고 도저히 할 짓이 아니라는 것을 너무나 잘 알고 있었다. 그와 외국 학회에 간 적이 있다. 일정 중 관광을 하면서 사진도 찍고, 설명도 듣고 다음 단계로 넘어가고 이동하는 일련의 과정에 늘 이 친구 때문에 늦어지고, 이 사람을 찾느라 다들 당황하고 헤매면서 시간을 낭비하는 등 민폐가 이만저만 아니었다. 겨우 발견하면 어느 구석에서 휴대폰(사과회사 것)을 붙들고 몰두해 있었다. 사진을 찍어 실시간으로 SNS에 올리는 중이라며 그래야 인기가 유지된다나 뭐라나. 동행한 사람들에 대해서는 아랑곳하지 않은 채 오로지 작은 핸드폰 속 세계에만 몰두한 모습은 그가 맞나 싶을 정도였다. 그는 평소 남에게 피해를 주는 사람을 보면 '상도덕이 없다', '가정교육이 잘못되었다'는 등 그런 행동을 경멸했는데 그의 모습은 도저히 믿어지지 않을 정도의 변화였다.

그가 지금도 그러는지는 모르겠다. 그때 나는 다시는 그와 여행을 하지 않기로 다짐하고 결심까지 했으니까. 하지만 짐작은 간다. 그의 거대한 팔로워 군이 계속 그를 바라보고 있을 것이고, 그 무리에게 계속 무언가를 먹이지 않으면 마치 잡아먹힐 것 같은 불안 감이 들기 마련 아니겠는가?

'떡 하나 주면 안 잡아 먹는다'는 말에 이끌려 다니다 보면 결국은 떡도 뭐도 다 잃게 된다는 것을 우리의 선조들이 이미 명확하게 전해준 바 있다. 결국 SNS란 우리가 참여하고 만들어 나가거나 길들이는 것이 아니라, 실제로는 우리를 지배하고 그 무형의 압력에 굴복하며 점차 노예화되는 것은 아닌가 하는 생각을 지울 수 없다. (구닥다리라 해도 어쩔 수 없다.)

우리의 소통의 장, '거북이가족 카페(강남세브란스 갑상선환우회 네이버 카페)'에 무한한 신뢰와 사랑을 가진 분들이 많다. 박정수 교수님은 요즘 카페에 글 올리는 재미에 푹 빠지셨다. 새로 손주가 태어난다면 모를까, 그 전에 이 사랑과 열정이 식는다거나 딴 데로 전향될 가능성은 거의 없어 보인다. 나 역시 혼자 글을 쓰던 때와 달리 글을 올리고 나면 반응이 궁금해 수도 없이 들락거리고 조회수와 댓글을 확인한다. 마치 중독 같다는 느낌마저 든다. 그러다 이 카페—조금은 다를 수 있지만 SNS와 유사한 성격의 공간—에도 묘한 법칙이 있다는 것을 깨닫게 되었다.

이곳은 환우회의 성격이 강한 커뮤니티(society)다. 그리고 갑상선 질환의 특성상 여성 비율이 압도적으로 높다. 연령대는 주로 30~50대다.

이 사회에서 글이 인기가 있으려면 동병상련의 사연을 올리는 것이 유리하고, 감성적인 글이 큰 공감을 얻는다. 아직 '지저분한' 이야기들은 (올리는 용기를 내는 분이 없어 확인되지 않았지만) 분명 실패할 것이다. 그리고 댓글이 많은 글이 대체로 성공적이다. 이를 두고 무슨 초보적이며 당연한 말의 낭비냐고 질타할 사람도 있을 것이다. 그러나 내가 하고자 하는 말은 댓글이 많고 조회수가 많은 글이 무조건 '좋은 글'을 의미하는 것은 아니라는 뜻이다. 즉, 성공적인 글이 우수한 글을 의미하지는 않는다.

댓글을 높이는 요령도 있는 듯하다. 그 방법은 마치 대화를 나누듯이 꼬리를 이어 '대댓글'을 계속 달아가는 것이다. 가끔은 '특별 행사'도 도움이 된다. (이미 입증된 바 있다.) 또한 단편보다는 시리즈물이 유리할 때가 많다. 연속극이 말도 안 되는 구성과 졸렬하기 그지없는 스토리로도 성공하는 것을 보면 알 수 있다. (한국에서는 이미 여러 번 입증되었다.)

글을 올리고 나서 반응을 보는 재미도 아주 쏠쏠하다. 여기에도 역시 색다른 패턴이 있다. 처음 글을 올리고 한두 시간 남짓이면 뜨거운 반응이 시작되고 공감대가 형성되는 것이 느껴진다. 물론, 실패작 역시 바로 느낌이 온다. 초장에 바로 판가름이 나는 것이다.

하지만 그토록 뜨겁던 반응도 3일이면 시들해진다. 가파르게 증가하던 조회수의 그래프 곡선이 어느 순간 완만해지고, 댓글도 포화(saturation)되어 더 이상 늘지 않는다. 어느 순간 식어버린 열기에 향기 없는 조화(造花)처럼 평범한 장식물로 전락한다. 그 시간은 대략 hot 표시(H)가 사라지는 3~4일 정도다.

우리 카페에서 글이 가지는 영향력은 누구도 무시하지 못할 정도로 매우 크다. 글을 읽으며 글쓴이와 가까워진 느낌을 받고, 이해가 증진되며 서로 신뢰도 높아진다고 생각한다. 그러나 내가 생각하기에는 이 공간이 가지는 특수한 성격, 그리고 SNS나 여러 인터넷 공간의 특수성으로 인해 글들의 생명력은 그리 길지 않은 것 같다. 이런 현상은 예전에는 존재하지 않았던 아주 새로운 행동양식을 만들어냈다.

SNS 특유의 인기, 즉 매우 짧은 기간의 인기로 인해 활동을 할수록 점점 더 갈증은 심해지고, 인기를 경험한 사람들의 사고에는 더 맛있고 색다른 먹잇감을 찾아야 한다는 강박이 자리 잡게 된다. 끊임없이 주목을 받아야 하기 때문에 종종 사회의 물의를 일으키는 행동도 나타난다. 언젠가 신생아실의 간호보조사가 SNS 인기를 노리고 아기에게 장난치는 장면을 올렸다는 보도를 본 적이 있다. 그 외에도 상상을 초월하는 말이나 행동으로 세간을 놀라게 하는 '지각 없는' 사람들과 '철없는' 어른들도 있다.

부도덕하고 있을 수 없는 일이라는 것을 모르는 것은 아니나, 이미 이성이 마비되어 해도 될 일인지 아닌지조차 판단을 할 수 없는 상태가 되는 것이다.

하나의 글이 새로운 세계를 여는 단초(端初)가 되기도 한다. 그 정도로 영향력을 가질 수 있다. 그러나 그런 명문은 역사상으로도 많지 않다. 요즘 우리가 살고 있는 세상에는 그런 글들이 살아남기 더 어려운 수많은 난관이 존재한다.

경박하고 가벼운 세태에 '빠른' 시스템(system)이 더해져서 글의 생존 기간은 일주일을 넘기지 못하고 기억에서 휘발되어 제거된다. 며칠 혹은 몇 년을 두고 읽는 진중함은 이미 구세대의 잔재가 된 지 오래이며, 늘 새로운 자극을 앞둔 '호랑이'에게 먹이를 주듯 우리는 끊임없이 새로운 떡을 찾아야 한다. 그렇다고 떡이 계속해서 존재하는 것은 아니지 않은가? 결국 일을 날림으로 처리하게 되며 무리하게 되고, 자신을 손상시키는 극한에 이를 수도 있다. 그러다 굶주린 호랑이에게 자신을 잃게 되는 날이 올지도 모른다.

그렇다면, 새로운 것만 추구하는 동안 그 많은 '과거의 글들'은 어떻게 되는가? 기억에서 밀려난 글들은 상자에 담겨 구석에 방치된 채 잊히게 된다. 먼지가 쌓이고 낡고 색이 바랜 채, 그저 추억의 장난감처럼 전락하고 마는 것이다. 이 모든 것은 정말 '순식간에' 일어난다.

한때 작은 인기가 있었을지라도 그것을 증명할 수 있는 것은 아무것도 남지 않는다. 그저 오늘을 살지 않는—새롭지 않은—까닭에 이젠 '아무것도 아닌' 존재가 되어버리고 만다. 짧고도 허망한 생명력을 지닌 글들은 명문이 될 가능성이 애초부터 배제되고, 그저 쏟아지는 방대한 정보의 한 부분으로 존재의 명분을 찾을 뿐이다. 경박한 세대의 자극적인 선호를 이끌어내지 못하면 곧바로 무의미해지는 운명을 맞는 것이다.

새로움에 자리를 내주고 비켜나야 한다. 따라서 버려지고 잊혀야 한다. 그리고 한번 잊힌 것은 되살아나지 않는다. 이미 먼 옛날의 것이며, 이 시대에 새롭지 않은 것은 역시 하나의 죄악이나 다름없다. 바로 내 기억 속에는 존재하지 않는 오래된 장난감처럼 말이다.

Epilogue

요즘은 넘쳐나는 콘텐츠와 다양한 매체, 개성 넘치는 게시물들로 가득한 사회다. 이런 '무지막지한' 환경에서는 새롭고 획기적이며 끊임없이 매력적이어야 한다. 잊히지 않고 살아남으려면 말이다.

그러자면 우리가 살아가는 일상으로는 결코 다가갈 수 없는 한계를 느낄 수밖에 없고, 결국 그것을 뛰어넘으려 노력할 수밖에 없다.

하지만… 과연 그런 노력이 어떤 의미가 있을까?

우리가 하는 이야기가, 혹은 주장하는 논리가 '진실'이 아니라면, 그것을 말하는 '우리를 주목하라'고 요구하는 것은 대체 무엇을 의미하는가?

청려장의 교훈

내가 다니던 중·고등학교는 한 울타리 안에 있었다. 좋은 말로는 신생이고, 정상적인 언어로 표현하면 X통이었다. 학교 운동장이 얼마나 넓으면 끝에서 끝까지 대각선으로 그어도 100미터가 안 되기 때문에(끝에서 끝까지 80미터다) 그 학교를 다닌 사람들은 대부분 자신이 중·고등학생 때 100미터를 11초 초반이거나 그 안쪽으로 뛴 준족이라고 생각한다.

하지만 11초 안쪽으로 달리는 것은 세계적인 선수가 아니고서야 쉽게 나올 수 있는 기록이 아니다. 한국의 100미터 기록은 서말구라는 걸출한 육상선수가 31년간이나 보유했던 10초 34였고, 최근의 한국 신기록은 '2017코리아오픈 국제육상경기대회'에서 김

국영이 세운 10초 07이다.

　그럼에도 우리 학교를 졸업한 사람들의 절반 이상은 11초 00 정도인데, 운동에 소질깨나 있다는 사람들은 10초대를 뛰었다고 주장한다. (심지어 운동 신경이 둔한 나조차도 고3이 되자 11초 00을 뛰었다.) 우리 학교의 특징 중 하나는 졸업생 대다수가 소위 '깡패'요, 서면을 주름잡던 어두운 세계의 관계자들이라 덕분에 우리 학교 교복을 입고 서면을 중심으로 반경 4킬로미터 내외에서는 어디를 가더라도 '삥 뜯긴다'거나 단 한 건의 사소한 협박도 받은 적이 없었다. (그것 하나는 확실히 장점이었다.)

　내 모교에 관련된 이야기를 하자면 적어도 1박 2일은 필요할 것이다. 간단히 말해, 나는 영화 〈친구〉에 나오는 학교가 우리학교라고 믿었을 정도다. 그 영화 속 에피소드와 똑같은 일들이 학교에 다니던 시절 내내 죄다 실제로 일어났으니까.

　어쨌든… 서두가 좀 심하게 길었다. (하고 싶은 말은 많지만) 이제 본론으로 돌아가자.

　내가 중·고등학교를 다닐 때(70년대 말 80년대 초)는 모든 선생님에게는 각자의 비전(秘傳) 타격법이 있었다. 한 도시에 남녀 공학은 한두 곳밖에 없던 그 시절, 남학교를 다니면 생전 한 대도 맞아본 적 없이 곱게 큰 애들은 견디기 힘든 세상이었다. 하루에도 적게는 꿀밤에서 심하게는 밀대걸레 자루가 몇 개씩 부러지는 난리를 겪는 게 당연했다. 게다가 학생들도 거칠기 이를 데 없고, 학교 자체가 X통이다 보니, 선생님들의 비전 타격법이 여타 학교와 다를 수밖에 없지 않았겠는가?

지금도 잊지 못할 분들이 몇 분이 계시지만, 가장 인상 깊었던 선생님은 중학교 2학년 때 담임이셨던 역사 선생님이었다. 이분은 잠시 우리를 가르치시다(아마도 깊은 회의 때문이었으리라) 다시 대학으로 돌아가 박사 학위를 받고 대학 교수가 되셨다. 아주 잠깐이었지만 유머와 위트가 뛰어났고, 무엇보다 매우 영민해서(학생이 선생님께 쓸 단어는 아니지만 달리 표현할 단어가 없다) 학생들이 잘 따랐던 분이었다.

그렇다고 그분이 우리를 '사랑으로 기르시고 매도 안 드는' 타입은 전혀 아니었다. 내가 학교에 다니면서 가장 많이 맞은 시절이 바로 그분이 담임이던 때였다. 학생회장에 전교 1, 2등을 도맡았던 나도 그 정도였으니 다른 아이들은 오죽했겠는가.

매일 그렇게 많은 매를 때리면 지치거나 오른팔에 부상을 입을 법도 한데, 그분은 전혀 힘들어 보이지 않았다. 무엇보다 선생님의 '도구'가 상당히 특별했고, 어떻게 저런 생각을 떠올렸을까 싶을 만큼 기발했다. 물론, 처음에는 그분 역시 당구 큐대의 낭창낭창한 앞부분을 쓴다거나 하키부가 사용하는 스틱을 잘라서 쓰는 '구태'를 따르셨지만 시간이 지날수록 타격 폼이 세련되게 정립되면서 점차 섬세한 도구를 선호하게 되셨다.

기발한 도구는 많고 많았지만 다 거론할 필요는 없고, 가장 인상적이었던 것은 우리 반의 담임이 된 순간부터 학교를 떠나실 때까지 애용하셨던 '청려장(靑藜杖)'이다. 청려장은 명아주 지팡이로, 통일신라 때부터 조선 시대에 이르기까지 70세가 되면 나라에서 어르신께 내려주던 지팡이라는 '역사적 사실'까지 설명해 주셨다. 이 지팡이는 일년생 풀인 명아주의 대를 말리고 쪄서 만든 것으로, 아주 가볍고 '풀'이라고는 도저히 믿기지 않을 정도로 강도가 센 것이 특징이다. 기력이 떨어진 노인들의 지팡이로 삼기에 매우 적당하다. (아는 사람이 별로 없겠지만 '노인의 날'인 10월 2일에 100세가 되는 장수 노인에게 국가에서 청려장을 선물하고 있다.)

우리의 담임 선생님은 이 지팡이를 조금 짧고 소지하기 편하게 제작하여 자신의 '무기'로 삼았는데, 우리 기억 속에서 그 위력은 거의 장비의 장팔사모(長八蛇矛)에 맞먹는 수준이었다. 한번 휘두르면 그 위력이 에워싼 '군사들'을 추풍낙엽으로 만들고, 한번 겨냥한 것은 놓치지 않는, 역사적 사실과 다름이 없는, 날렵하고도 정확하며 치명적인 무기였다. 하루 날을 잡아 반 학생 전체를 10대씩 때리는 날에도(당시 우리 반은 63명으로 총 630대) 체력 소모는 거의 없이 훌륭하게 일을 완수할 수 있었으니, 그야말로 여타의 선생님들과는 비교 불가한 비장의 무기였던 셈이다.

그분의 타격에는 남다른 기술이 있었는데, 명아주를 한번 휘둘러 동시에 서너 명을 일괄 타격할 수 있는 '일타삼피(一打三皮)'의 검법이 있었는가 하면, 동시에 드르륵 긁어 5명 이상의 머리를 맞히는 '일타오피(一打伍皮)' 검법까지 있었다. 또, 한 명을 세워놓고 머리에서 발끝까지 단 2초 동안 휘리릭 훑어 내려오며 십수 차례 타격하는 눈부신 검법도 있었다. 마치 무협지의 연검(軟劍) 달인을 보는 것과 같았다.

"한번 휘둘러 바다를 피로 물들인다"던 이순신 장군의 칼에 비견될 수 있으리라. 하지만 이마저도 하고자 한 이야기의 배경일 뿐이다.

우리 담임 선생님이 싫어하던 것이 하나 있었는데, 바로 '뒷북'을 치는 것이었다. 우리가 자주 맞았던 것도 사실이지만 수많은 날들 중 가장 빈도와 강도가 높았던 날은 바로 시험을 치른 날이었다. 선생님은 "시험 치기 전에는 뭘 하다가 꼭 시험 치는 날 공부하는 척하냐"고 자주 말씀하셨다. 돌이켜 생각하면, 혹시 우리 반이 전교에서 꼴찌였기 때문에 우리에게 화풀이를 한 것은 아닐까 의구심이 들지만, 아무튼 선생님은 그런 뒷북을 극도로 싫어하셨다. 뒷북도 뒷북이지만, 열심히 공부해서 시험 치고 난 후에 궁상맞게 나가 놀지도 못하는 놈들을 경멸하셨다. 우리가 일타삼피나 일타오피를 당하면서 자주 들었던 말이 있다.

"나가 놀아라, 이놈들아! 여기서 궁상 떨지 말고! 사내놈들이 뭐 하는 짓이냐?"

시험 치고 나면 성적을 확인하고 싶어 하는 사람들이 꼭 있지 않은가? (성적이 좋고 나쁨에 상관없이.)

"내가 시험 점수 맞춰보지 말라고 했지? 꼭 공부도 못 하는 것들끼리 모여서 정답을 맞춰본다고…. 너희가 맞추는 게 정답일 것 같냐? 꼭 보면 도토리, 상수리 같은 것들이 모여서 말야!"

맞다. 오늘 바로 그 생각이 들었다. 시험 끝났으면, 고만고만한 것들끼리 모여 답 맞춰 보지 말자.

그리고 서너 녀석이 모여 답이 같다고 시시덕거리지도 말자. 그게 모두 나랑 똑같은 놈들 수준일 테니. 그리고 무슨 일이든 끝나면 나가 놀자. 훨훨 털고. 궁상 떨지 말고…….

갑상선 암센터의 트리플 T 의사들

"당신 T냐?"라는 질문(혹은 비난)을 자주 받는 사람으로서, 이제는 '더블(double) T' 정도는 그저 우스운 농담쯤으로 받아칠 만큼 웬만해서는 놀라지도 당황하지도 않는 상태를 (내 나름) 잘 유지하고 있다. 하지만 내가 해본 관련 검사 결과로는 다르게 나와서 이 검사에 대해 그리 신뢰가 가지 않는 것 역시 사실이다. 그럼에도 T라는 특징이 우리 직업상 어쩔 수 없다고 여기고 있어 딱히 나쁘게 생각하지도 않았다. 더 위안이 되는 것은 최근 경험한 바에 의하면, 만만치 않은 인사들이 곳곳에 즐비하다는 것이다. (우리 갑상선암센터에도 상당수 있다.)

내가 아는 이야기 중에 상당히 생각할 부분이 많아 자주 인용하는 내용이 있는데, 그것은 2006년 쯤 미국에서 본 어떤 TV용 광고다. 화면은 아무 꾸밈없는 백색 배경으로 시작하고, 그 위에 인물이 하나씩 등장한다. 미국의 다양한 인종과 연령대의 사람들이 장면이 바뀔 때마다 나타나는데, 그들은 모두 천천히, 일관된 동작으로 청진기의 머리(몸에 대는 부분. 때로는 '대*리'라고 칭한다)를 잡아 자신의 입에 갖다 댄다. 모든 등장인물이 다 같은 동작을 보여준다. 그리고 그렇게 많은 사람들의 영상이 지나간 뒤 화면이 페이드아웃(fade out) 되면서 글귀가 서서히 떠오른다.

"당신의 말에 귀를 귀울이겠습니다.

American Medical Association"

이 광고를 처음 봤을 때 정말 충격적이었다. 청진기를 입에 갖다 댄다는 행위 자체가 감염 위험이 아주 높아지기 때문에 거부감이 들었지만, 무엇보다 그 글귀가 전달하는 깊은 울림이 내게 큰 감흥을 주었다. 나는 이후에도 이 장면을 오래 기억했고, 여러 번 인용하기도 했다.

오늘날 우리가 맞닥뜨린 이 상황은 전형적인 소통 부재 사례다. 우리 의사라는 그룹도 깨달아야 한다. 그동안 우리는 '대국민 스킨십'이 터무니없이 부족했으며, 자신들의 생각을 제대로 전달하지도 못했고, 국민들의 의견을 들을 귀 역시 철저히 닫고 있었다. 적어도 나는 그렇게 생각한다.

문득 생각이 나서 이 이야기를 어제 수술 중에 꺼냈더니, 많은 사람들이 공감했는데, 역시 외과의사들이라 그런지 반응도 조금 남다르긴 하더라. 우리 센터의 막내 전임의인 N* Kim(이름을 밝힐 수 없는 점 양해 바랍니다) 왈(曰), "그거 분명히 광고회사에 외주 준 걸 거예요." 순간 모두가 '빵 터졌다'.

그야말로 극강의 T characteristics!!

또 다른 에피소드도 있다. 어떤 환자가 자신의 상황을 긴 글로 정리해 내게 전달한 적이 있는데, 그 내용을 예로 들어 말하면서, "환자와 의사의 소통이 '이런 방식으로도' 이루어질 수도 있다"고 이야기했다. 그런데 우리의 극강 T 막내 전임의가 또 한 건 했다.

"그분 문과시죠?"

이쯤 되니 나는 그냥 '무늬만' T일 수 있겠다는 생각이 들었다. 젊고 패기만만한 '트리플 T'들이 즐비한 가운데 나 정도면 그저 그런 평범한 수준이 아니겠는가?

Epilogue

외과의사가 T 캐릭터가 될 수밖에 없는 것은 철저하게, 하나라도 놓치지 않고 문제의 소지를 잡아내어 미연에 차단해야 하는 교육에 그 까닭이 있다.

하지만 아무리 그런 교육을 받는다 해도, 본래 특징(성격)은 쉽게 변하지 않은 법이다.

나의 경우 검사를 해 보니, 실제로 MBTI가, ENFJ로 나왔다.

그러니, 나는 결국 우리 센터 내에서는 '무늬만' T였던 것이다.

그를 기리며

그는 젊은 나이에 '나라에 반역한다'는 죄목을 쓰고 20여 년의 시간, 젊은 청춘을 고스란히 옥중에서 보냈다. 그 와중에도 글을 쓰고, 삶에 대해 사유하고 천착했으며, 긴 시간을 보내며 자신이 살아가야 할 이유를 찾았고, 이토록 모진 한국에서 살아가야 할 민초들의 시간에 대한 따뜻한 시각으로 편지를 썼다. 그를 키운 것은 김형욱과 그를 위시한 정권이었다고 말하는 사람도 있다. 그저 한 젊은이에 불과하던 그를 옥에 가두고 정신을 박해함으로써 그를 현대 한국의 위대한 정신이자 석학으로 길러내고야 말았다는 것이다.

사실, 그는 사회에서 생활했던 시간보다 더 긴 시간을 감옥의 한구석에서 지낼 수밖에 없었다. 언제 풀려날지 기약 없는 무기수였지만, 바로 직전에 사형수였던 지경과 비교하며 감사해했고, 같은 감방의 사람이 자살하여 실려 나가는 모습을 보면서도 아무 희망도 없는 자신이 왜 자살하지 않는지, 그 이유는 단지 감방에 단하나뿐인 좁은 창을 통해 들어오는 '신문지 반쪽만 한' 햇살 때문이라 말하기도 했다.

나는 그의 학생이었다. 그의 강의를 기억하면, 사실 나 같은 이과생들에게는 좀 이상한 강의였다. 무슨 강의가 이렇게 느리고 중심이 없고 산만할까라는 느낌을 받았다는 걸 솔직히 시인한다. 우리 의대의 강의는 일사천리로 달려가도 학생들에게 전달하지 못하는 내용이 많기 때문에 간결하게 코어 중의 코어만 추려서 강의해야 하고, 2시간 연강을 하는 동안 침을 삼키는 시간 외에는 쉴 새 없이 말을 해야 하기 때문이다.

하지만 시간이 지나면서 그가 평생 동안 작은 한 조각 햇살과 함께 생명을 유지할 이유로 삼았던 공부를, 그리고 그의 치열한 성찰을 느낄 수 있었다.

그는 그의 마지막 저술을 할 무렵 나와 또 다른 인연을 맺었다. 그의 목에 작은 멍울을 내게 보여 주셨을 때 나는 자못 찜찜한 느낌을 지울 수 없었다. 결국 그 병이 그의 길지 않은 시간을 예고했을 때, 그는 내게 자신의 삶은 덤이니 아무 미련이 없다고 했다. 다만 아직 조금 남은 일이 있으니 그 일을 하며 시간을 기다리겠다고 했다.

그의 마지막 저서에는 바로 그런 연유가 담겨 있다.

"여러 가지 사정으로 이번 학기를 마지막으로 더 이상의 강의를 하지 못합니다. 나의 강의를 수강하려는 학생들에게 미안합니다. 그래서 강의 대신 책을 내놓기로 했습니다."

내게 전해진 그 책의 첫머리에 담긴 이 구절을 읽고 나는 더 이상 그의 책을 읽을 수 없었다. 그럴 자신이 없었다. 그의 소천 소식을 들었을 때, 그의 마지막 선택이 조용히 잠들고 싶다는 것이었기 때문에 나는 더 자신이 없어졌다. 결국 나는 그의 빈소를 찾지 못했다. 그러나 오늘, 마음으로 떠나 보내드리지 못한 그를 다시 기려 본다. 그리고 그가 내 책에 추천을 흔쾌히 해주며 짚어 주었던 그 말들을 다시 회상한다.

그의 글은 지금 책에 있는 내용과 조금 다른 점이 있었다. 편집자의 의도에 따라 축약하긴 했지만 그의 마지막 구절에 담긴 그와 나의 인연을 다시 생각해 본다.

이 책은 전저 《진료실 밖으로 나온 의사의 잔소리》에서 한 걸음 더 우리 곁으로 다가왔다. 질병에 관한 이야기가 아니라 식품에 관한 이야기다. "나는 내가 먹은 것이다"라고 할 만큼 우리가 섭취하는 식품은 중요하다. 물론 이 책은 우리들의 혼란스러운 식품 인식을 명쾌하게 준별하는 식품과 영양에 관한 전문서이다. 그러면서도 친근한 어법을 잃지 않고 있는 까닭은 바탕에 깔려 있는 인문학적 관점 때문이다. 의학은 병리학이 아니라 생리학이며, 인체내부의 학문이 아니라 인간의 삶에 관한 학문이라는 장항석 교수 자신의 따뜻한 인간 이해에서 오는 것이라 생각한다. 나로서는 그 부분이 금방 읽힌다. 나는 그의 환자였고 그는 인문학교실의 학생이었던 인연으로 지금도 그를 가까이하고 있기 때문이기도 하다.

— 신영복(성공회대 석좌교수)

(책의 추천사를 써서 보내면서 첨부한 신영복 교수의 메일 내용)

장항석 교수님

항상 염려해주셔서 감사드립니다.

신저 추천사 초고 첨부합니다.

제가 잘 알지 못하는 분야이고 또 전문을 다 읽지 않아서

추천사 초고 보내드리면서도 혹시 누가 될까 부담스럽습니다.

첨부한 초고의 끝부분 밑줄 친 부분은 삭제해도 좋습니다.

그리고 잘못되거나 적절하지 않은 부분은 수정하시거나

지적하여 다시 보내주시면 수정하도록 하겠습니다.

책 출간을 축하드립니다.

바쁘신 중에 집필하시고 책으로 내시느라 고생 많으셨습니다.

— 신영복

교과서를 바꿔야 할까

내가 의과대학 학생이던 시절에는 한 학기가 시작될 무렵 각 과목마다 대표적인 '교과서'로 채택된 것들만—다른 대학도 마찬가지겠지만 의과대학에서는 한 과목의 대표적인 책들이 보통 10권이 넘는 경우가 많다—모아도 그 높이가 거의 내 키의 절반에 가까울 정도였다. 단체로 구입하고 책을 찾는 날이면 의과대학 복도에는 마치 거대한 북 페어를 치르는 듯 장관을 이루곤 했다. 학생 때는 그 책들의 내용을 따라가기에 급급했고, 그 내용을 금과옥조처럼 여겨야 겨우겨우 남들을 따라 '정상적으로' 졸업이라는 것을 할 수 있었다. 그러니 우리에게 교과서는 거의 불가침의 영역이었고, 그 내용을 부정한다는 것은 있을 수 없는 불경한 행위와도 같았다. 그런데 내가 교수가 되고 나서 보니, 이 교과서라는 것이 가진 한계를 절감하게 되었다. 물론, 젊은 교수 시절에는 이것마저 난처하게 생각된 것도 사실이었다. 그만큼 교과서가 가진 위력은 그 그림자가 멀리 드리워져 사람의 생각과 사상을 지배하고 있는지도 모른다.

얼마 전 학생들에게 강의하면서 나는 이 부분을 강조했다.

"내가 여러분에게 강의하는 것은 벌써 5년은 지난 이야기로만 되어 있다. 물론 만고불변의 진리라는 것이 없는 것은 아니지만, 지금의 과학과 의학 발전은 과거의 속도로는 생각지도 못할 정도로 눈부시게 치닫고 있다."

물론 이 말을 하며 살핀 학생들의 얼굴에는 "이 꼰대 교수가 무슨 말을 하려는 것인가?"라는 표정이 역력했다.

하지만 내가 다음에 하고 싶은 말은 이런 것이었다.

"지금 내가 여러분에게 가르치는 것은 '이론의 여지가 없는' 것들이어야만 하는 한계가 있다. 그러니 이미 논란이 끝난 '구닥다리'를 가르칠 수밖에 없다. 하지만 여러분의 앞날에는 여러분 스스로 깨우쳐야 할 것, 그리고 여러분이 배웠던 내용을 극복해야 할 것들이 더 많다."

정말 그렇다. 내가 의과대학을 졸업하고 난 후 의사로 활동하면서 배운 것은 적어도 의과대학에서 배운 것의 30배는 넘는 것 같다. 그중에는 교과서 내용을 바꿔야 한다고 느끼는 것들도 허다하다. 마치 〈해리포터와 혼혈왕자〉 편에 나오던 스네이프의 학생 시절 마법약 노트와 같은 것이랄까? 실제로 맞지 않는 것들도 많다는 이야기이다.

며칠 전, 우리 센터의 장호진 교수와 강남세브란스 출신 아＊대 김형규 교수가 나온 TV 프로그램 〈무엇이든 물어보세요〉의 내용에 대해 우리 카페에서 논란이 일어난 것을 보고 나는 이런 생각을 하게 되었다.

우리 센터는 다른 병원과 조금 다른 특징을 가지고 있다. 처음 진단 단계부터 수술, 수술 후 치료까지 한 진료과가 모든 책임을 지는 구조다. 말하자면 병의 알파부터 오메가까지 토털 케어를 하는 것을 원칙으로 한다. 물론 과 내 사정이나 병의 특성에 따라 주치의가 바뀔 수는 있지만, 근본적으로 같은 프로토콜과 시스템이 확립된 센터에서 관리를 한다는 점이 차별화된 포인트라 할 수 있다. 그런 까닭에 우리 센터에는 진단은 내과에서, 수술은 외과나 이비인후과에서, 수술 후 관리는 또 다른 과에서 하는 병원들보다는 좀 더 다른 차원의 경험과 지식이 축적되어 있다. 그러다 보니 우리 센터에서는 '신지로이드(Synthyroid)'라고 불리는 갑상선 호르몬 요법의 관리에 대해서도 남들이 모르는, 그리고 교과서에는 나오지도 않는 그런 노하우가 축적되어 있다. 내 임상 경력 30년 동안 파악하고 있는 갑상선 호르몬 요법에 대한 노하우는 이렇다.

1. 아침에, 식사와 적어도 30~40분 정도 거리를 두고 섭취하면 가장 흡수효과

가 좋다.

2. 약 먹은 것이 헷갈릴 때는 먹지 않고, 그 다음날부터 열심히 잘 먹는 게 좋고, 하루 잊었다고 다음 날 약을 두 배로 먹는 것은 위험하다(한 끼 굶었다고 다음 끼니에 밥을 두 배로 먹을 경우를 생각해 보면 이해가 쉬울 수 있다).

3. 가장 옳지 않은 것은 약을 들쑥날쑥 먹는 것이다. 이렇게 되면 갑상선 기능 항진 상태가 유지된다 하더라도 실제 목표인 TSH(갑상선자극호르몬) 억제가 잘 이뤄지지 않는다. 소위 몸은 상하고 헛힘만 쓰는 것과 같다.

4. 아침에 여러 가지 이유로 약을 먹지 않고 병원에 오면, 그날 피검사에서는 fT4 level 수치가 0.2 ng/dL 정도 떨어진다. 평소 유지하던 레벨에서 낮게 보이게 되는 것이다. 보통 이런 경우에는 바로 약을 증량시키지 않고, 다음 검사를 보고 약을 조절한다.

5. 갑상선 약을 다른 약이랑 같이 먹는 문제는 대부분에서 큰일 날 것처럼 여기지만, 칼슘이나 철분 제제 등 다른 약의 흡수를 현저히 방해하는 약이 아니라면 크게 문제되지 않는다.

6. 갑상선 기능이 높게 유지되면 무조건 골다공증이 온다고 말하는 의사들이 많지만, 실제로는 그렇지 않다. 골다공증은 여러 가지 복잡한 요인의 복합적인 발생 연쇄작용으로 생기는 것이지 한 가지 이유로만 설명할 수 없다. 하지만 갑상선 기능항진이 하나의 요인인 것은 맞기 때문에 고령의 환자에서는 주의를 기울여야 한다.

7. 나이가 들어가면 갑상선 호르몬 치료에서 혈중 농도 레벨의 유지 목표치가 하향 조정되므로 6번 항목 같은 문제는 같이 조절될 수 있다.

8. 고위험군에서도 갑상선 호르몬을 정상 정도로 유지하려고 하는 경향이 요즘 있다. 하지만 재발하는 환자들의 상당수는 이런 호르몬 관리를 제대로 하지 못한 경우다.

여기서 3-5번 항목은 교과서로는 결코 배울 수 없는 내용이다. 오로지 환자들의 약 복용 습관, 시간, 피검사들을 오랜 시간 관찰해야 얻을 수 있는 것이다.

그날 방송에 나온 분들은 '틀린 말'을 한 것은 아니었다. 교과서에 나온 이야기를 했을 뿐이고, 특히 암병원의 모 교수는 그 내용을 조금 과장해 말했을 뿐이다. (물론 그의 설명을 듣는 순간, 그 의사는 실제로 수술 후 환자 관리는 하지 않고 있구나 하는 것을 잘 알 수 있었다.) 나는 이 방송과 환자들의 혼란스러운 반응을 접하면서, 앞으로 우리 센터가 할 일이 하나 더 있다는 것을 알게 되었다.

이제는 천편일률적인 교과서 내용을 개선해야 할 때가 되었다. 미국이 주도하는 세계 질서에 우리 한국의 의학이 개입하고 진정 환자들에게 필요한 것을 알리며, 미래의 주역이 될 학생들을 깨우쳐야겠다는 생각이다. 이제는 교과서를 주옥처럼 믿고 따르는 학생들에게 "그렇게 하면 마법의 약이 만들어지지 않아"라고 일침을 가하고, 그 해결책을 제시해 주는 〈혼혈왕자〉 노트를 만들어야 하겠다.

Taraz 일정

길다면 길고 짧다면 짧았던 카자흐스탄의 일정을 마무리하는 날이다. 내가 방문했던 곳은 카자흐스탄의 잠빌(Zambyl) 주의 타라즈(Taraz)라는 도시였다. 과거에는 실크로드 거의 정중앙에 위치했고, 아시아 스텝 지대에서는 드물게 물과 자원이 풍부한 지역이었다고 한다. 거의 2000년이 넘는 역사를 가지고 있다는 자부심이 대단한 도시였지만, 지금은 아주 외지고 먼, 거의 깡촌 같은 곳이다.

내가 보기에 사회주의 국가들 대부분이 그렇듯, 보여주기 식의 행정과 무엇이든 과장해 크게 보이도록 하는 데 주력하는 듯했다. 주지사와 면담하는 자리에서도, 새로 자리에 오른 지 열흘도 되지 않은 주지사가 방송국과 기자들을 있는 대로 다 끌어모아, 병원에서는 내가 가는 일정이 불과 3일뿐이라는 사실을 뻔히 알면서도

(Taraz까지 가는 데 3일, 돌아오는 데 3일 걸린다) 20명의 수술 환자를 준비했다고 자랑스럽게 발표했다.

내가 난감해하자 '당신 그 정도도 못해?' 하는 표정을 눈치챌수 있었다. (나는 눈치가 좀 빠른 편이다.) 나는, "내가 당신들 수준은 잘모르지만, 한국에서도 하루에 7명 이상 수술하려면 특수한 준비가필요하고, 잘 짜인 시스템으로 한 치의 빈틈 없이 돌아가도 어려운 일이다"라고 했다. 하지만 그 많은 환자들이 한국에서 누군가온다고 기대하고 있다고 하니 심히 걱정되었다. 우선 환자를 보고모두 수술이 필요한지 확인해 보자고 했다.

환자를 일일이 살펴보니, 수술이 필요한 환자는 목에 머리 하나가 더 달린 것 같은 사람, 전혀 조절되지 않는 상태의 기능항진증 환자, 수술 후 재발된 환자 정도만이 그나마 타당한 사유가 되었고, 나머지는 전혀 수술할 필요가 없는 사람들이었다. 내가 심한사람들만 추려 수술하겠노라고, 나머지 환자는 한국 같으면 수술하지 않는다고 말할 때만 해도, 그렇게 진행될 줄 알았다.

바로 당일, 세 시간짜리 강의를 한 후 수술을 시작했다. 한국으로 치면 거의 1970년대쯤 되는 환경에, 기구들은 전혀 손에 익지않고 스크럽 간호사는 무엇을 해야 할지 감도 잡지 못하는 상황이라 수술은 고난의 길일 수밖에 없었다. 그나마 다행인 점은 젊은 외과의사들이 하나라도 더 배우려고 몰려들어 열심히 듣고, 수술과정을 놓치지 않으려 한 것이다. 과거와 달리 요즘 젊은 의사들은 영어를 조금씩은 하기 때문에, 10년 전 몽골과 카자흐스탄을 처음 방문했을 때보다는 훨씬 수월했다. 다음 날도 그렇고 마지막 날까지 수술을 하고, 외래에서 환자를 보며 초음파 검사까지 하는 일정을 강행했는데, 늘 느끼는 점이지만 의사들의 수준이 지나치게 낮아 환자들이 큰 어려움을 겪고 있다는 사실이 매우 안타까웠다. 하지 말아야 할 치료를 하고, 전혀 필요 없는 수술을 하고. 일일이 말로 다 하기 어려울 정도로 의료 과실(malpractice) 투성이었다. 하지만 그런 말을 할 수도 없고, 그나마 그 상태에서 조금이라도 해결될 수 있는 길을 알려주는 데 주력할 수밖에 없었다.

이 과정에서 함께 진료한 내과의사는 상당히 인상적이었다. 도시뿐만 아니라 넓은 지역에서 몰려드는 환자들의 문제점을 지적할 때마다 정확하게 무슨 문제인지 요지를 파악하는 모습을 보고, 어려운 도시에도 희망이 있다고 생각했다. 드디어 마지막 날이 되었는데, 역시나 똑똑한 내과의사가 내게 와서 조심스럽게 수술한 환자를 봐 줄 수 있느냐고 물었다. 당연하다고 말하고 함께 환자를 보러 갔는데, 환자가 중환자실에서 숨도 쉬지 못하고 있는 게 아닌가! 나는 그 장면에 정말 큰 충격을 받았다.

"내가 수술한 환자가 이렇게 됐다고?"

환자는 전형적인 양측 성대 신경마비 상태였다. 잠시 얼이 빠질 정도로 놀랐지만, 우선 환자를 치료하고 숨을 쉴 수 있도록 하는 것이 최우선이었다. 적절한 조치를 취하게 하고, 어떤 약물을 투여

해야 할지 알려 주었다. 마음에 큰 부담을 안고 다음 수술로 들어 갔는데, 머릿속에서는 계속 그 생각만 돌아서 수술실에 들어온 이들에게 뭔가를 설명해 줄 여유가 없었던 모양이다. 그렇게 한참을 수술하고 있는데(목에서 작은 수박 하나를 들어내는 그런 수술이었다) 내가 무슨 생각을 하고 있는지 눈치를 챈 젊은 외과의사들이(외과는 어느 나라나 다 '눈칫밥'을 먹고 사는 특징이 있다) 내게 말했다.

"좀 전에 보신 그 환자는 선생님이 수술한 환자가 아닙니다."

"뭐라고요? 그럼 누가 수술했단 말입니까?"

알고 보니 병원에서 난감해서 그랬는지, 내가 수술한 9명의 환자 외에, 준비된 나머지 환자들을 모두, 내가 수술하는 옆방에서 강행해 버렸다는 것이다. 수술이 필요 없는 상태라고 분명히 말했음에도 말이다.

나는 당장

"이 수술 끝나고 모든 환자를 다시 한번 봅시다."

"선생님 굳이 그러실 필요 없는데요."

"아니, 다 봅시다."

"선생님이 수술하지 않은 환자들도 말입니까?"

그들은 의아해했지만 나는 꼭 봐야겠다는 생각이 들었다. 회진을 돌면서 나는 충격적인 사실을 알게 되었다. 내가 수술하지 않은 환자 11명 중 목소리 신경(recurrent laryngeal nerve) 손상이 의심되는 환자가 6명, 부갑상선 기능저하가 온 환자는 8명이었다. 부갑상선 기능저하가 오지 않은 3명은 반절제만 했다고 하니, 전절제를 받은 모든 환자에게서 다 부작용이 생긴 셈이었다.

내 수술에 팀으로 움직였던 두 명의 젊은 의사가 환자를 일일이 소개하며 말했다.

"저희는 선생님처럼 수술하는 것을 처음 보았습니다. 저희 교수님들은 수술하면서 그렇게 정성스럽게 신경을 다 찾고, 부갑상선을 보존하려고 전혀 하지 않습니다."

"그럼 어떻게 한다는 말입니까?"

"그냥 신경도 찾지도 않고 갑상선 조직만 확 들어냅니다."

바로 그것 때문이었다. 이들 나라에 아직도 깊게 뿌리내린 소련식 수술 방식. 몽골도 그렇고, 한층 발전했다는 중국이나 튀르키예도 마찬가지였다. 내가 자주 다니던 지역에서는 이런 문제가 조금씩 개선되고 있지만, 아직 그 영향이 쉽게 퍼져 나가지 못한 실정이었다. 늘 안타깝고, 환자도 불쌍하고, 그런 교육을 받을 수밖에 없는 젊은 의사들이 더 불쌍하다는 생각이 들었다. 그런 이유로 우리 병원에도 외국 의사들의 연수를 위한 프로그램과 기금을 조성했고, 내가 이사장이던 시절 대한내분비외과학회에도 그런 제도를 마련해 둔 것이다.

이번 일정은 짧고 아쉬웠지만, 젊은 의사들의 패기와 배우고자 하는 열정을 느낄 수 있었던 보람된 시간이었다. 그들과 아쉬운 작별을 하면서 꼭 다시 오겠다는 말과, 너희 중 희망하는 사람이 있다면 서울로 올 수 있는 길을 꼭 마련해 주겠노라 약속했다.

이번 여행에서 많은 생각을 마음에 담아 이제 돌아갈 비행기를 기다리고 있다. 이쯤이면 늘 힘들었던 기억보다 뿌듯한 마음이 자리 잡곤 했는데, 이번엔 마음이 아파옴을 느꼈다.

나는 늘 이런 여행에서 많은 생각을 하고, 또 많은 일을 꾸며 보려 노력한다. 의료 기술이 한 걸음 더 나아가길, 그리고 이제는 우리 한국이 남을 도울 생각을 더 해야 한다는 다짐도 굳혀 본다.

2022년 4월 20일 현지시간 16:55, 알마티(Almaty)에서

강의 준비

오랜만에 강의 준비를 하다 문득 옛날 생각이 났다. (요즘 자주 이러는 것을 보니 나이가 그렇게 된 모양이다.) 우리는 예전부터 워낙 발표를 많이 시키는 기관에서 잔뼈가 굵은지라, 어디 나가서 발표하거나 강의하는 데 주눅 들어본 적이 거의 없다. 자고로 '말발' 하면 연세대를 당할 자가 없다고 할 정도였다. 하지만 이런 표현은, 우리가 일정한 경지에 오르기까지 겪어 온 무지무지한 '수련'의 강도를 몰라서 하는 말이다.

내가 경험한 최초의 사건은 이렇다. 1년차 가을쯤이었는데, 외과의 메인 학회인 대한외과학회 자유연제(free paper) 발표를 앞둔 레지던트와 펠로우들을 몰아넣고 학회와 동일한 방식으로(슬라이드도 미리 만들고 발표 시간도 재고 끝나면 '박살'도 내면서) 점검하는 시간이 있었다. 외과 소속이 되기 전에는 이런 시간이 있는 줄도 몰랐지만, 내부의 인사가 되고 나서야 이런 '음모'들이 있다는 것을 알게 된 것이다.

그날 본 바에 의하면 발표를 하는 사람들은 거의 3년차 이상이지만, 실제로는 그렇게 낮은(?) 연차는 극히 드물고, 적어도 4년차 이상에, 심지어 펠로우를 마치고 그해에 조교수로 진급한 선생님도 있었다. 아마도 그분은 운(도 지지리) 없게 자신이 펠로우 시절에 했던 연구 발표가 뒤늦게 걸린 케이스였을 것이다.

아무튼 그런 사람들이 모여서 발표를 하는데, 주임 교수를 비롯하여 거의 모든 교수들이 모여 앉아 뭔가 꼬투리를 잡고, 어떻게든 심한 말로 박살을 내며, 어떻게 하면 가장 치명상을 입힐까 혈안이 되어 있다고 나는 느꼈었다. 바로 그 느낌 그대로, 모두 추풍낙엽처럼 리젝트(reject) 당했고, 심지어 어떤 사람은 처음부터 다시 다 뜯어고치라고 면박을 당하기도 했다.

당시는 슬라이드를 만들어야 발표가 가능하던 시절이었다. 발표 방법이나 화법을 수정하는 것이 아니라 슬라이드를 죄다 '갖다 버리라'는 지적을 받고 나면 그야말로 난감한 상황이 되는 것이다. 당장 외과학회는 3일 후인데, 그때만 해도 슬라이드를 다시 제작하려면 적어도 열흘은 걸렸다. 그렇게 당했던 그 조교수님은(차마 이름을 밝힐 수 없다) 그 위기를 어떻게 넘겼는지 지금도 궁금증으로 남아 있다.

(요즘은 참 좋은 세상이다. 오늘 할 내용을 어제 한 강의의 청중 반응을 보고 곧 바로 바꿀 수도 있다. 심지어 내 경우에는 한 세션(session) 내에서 앞 사람이 하는 발표를 보고 내 강의 내용을 바꾸기도 한다.)

그런 세월이 지나고 내가 펠로우가 되었을 때의 일이다. 그 시기에 이르자 구시대의 유물이 된 무지막지한 행사는 없어졌지만, 각 분과 교수님들의 '마음에 들어야 하는' 중차대한 관문은 여전히 남아 있었다. 우리 스승님의 꼼꼼함과 매의 눈은 티끌마저도 그냥 지나치는 법이 없다는 것은 이미 알려진 사실이다. 하지만 당신께서 늘 주장하시듯 '인자하기 때문에' 그런 구시대적이고 이치에 맞지 않는 무리한 요구를 제자들에게 하시지는 않았다.

그저 "그래, 뭐 좀 문제가 있긴 하다만… 음, 그러니까, page 6 하고 page 11, 13, 19 이렇게만 쬐끔 바꾸면 되겠네"라고만 하셨다.

그.러.나.

내가 펠로우이던 1998년 즈음의 과학은 그리 발전하지 않았고, 슬라이드를 통째로 바꾸지 않고 몇몇 페이지 정도만 '쬐끔' 바꾸더라도 일주일 이상은 걸렸다. 그렇다고 그때도, 지금도 우리는 스승님 말씀에 감히 토를 다는 무도한 놈들은 아니었다. 결국 〈악마는 프라다를 입는다〉에 나오는 주인공처럼 이리 뛰고 저리 뛰어 어떻게든 원하시는 모습을 만들어야 했다. 결국 우리는 당시 등촌동에 있던 코*필름 본사로 PPT 파일을 들고 (뛰어) 가면 하루 만에 슬라이드를 만들 수 있다는 귀하디귀한 정보를 알아냈다.

이 정보만으로도 내가 살린 사람은 적어도 10여 명은 된다고 자신한다. 그러고 보니 또 생각나는 이야기가 있다. 지금은 이름만 대도 다 알 정도로 유명해진 인○한 선생님 이야기다. 그분은 생긴 것 자체가 미국인이어서 다들 그렇게 알고 있는데, 실제로는 전형적인 (뼛속까지) 한국인이고 전남 토박이다. 욕도 정말 차지게 (자주, 많이) 하고, 술을 마셔도 완전 한국식이다.

하루는 스승님께서,

"항석아, 내가 외국에 편지를 하나 보내야 되는데, 내가 써 놓은 게 있으니 이걸 인○한이한테 보여주고 교정을 좀 받아오너라."

그 말씀에 조금 망설이기는 했지만, 어쩌랴 오더(order)는 오더니까. 이틀쯤 지나서 인 선생에게 받아서 보여드린 편지는 (아니나 다를까) 스승님의 인내심을 폭파시키고 말았다.

"야, 장항석이! 너 이거 인○한이에게 보여준 거 맞아? 다른 놈한테 갖다 준 거 아니야?"

"아닙니다. 제가 인○한 선생님을 모를 리 없잖습니까?"

"흠흠…. 하긴 그놈을 착각하면 그건 천하에 쓸모없는 놈이지. 근데…, 이게 정말 그놈이 본 거야?"

"네…."

"너는 이 내용 봤어, 안 봤어?"

"보긴 했습니다."

"근데? 이게 제대로 된 거란 생각이 들어?"

이 부분에 대해 할 말이 많았지만 도저히 사실대로 할 수는 없었다. 요즘말로 할많하않(할 말은 많지만 하지 않겠다)이었다.

"저는, 제가 영어가 아무래도 그분보다는 못해서 제가 아는 것과 좀 다르다고만….."

"이런 미친 놈이! 야, 너도 대학 오려면 성문종합 정도는 봤을 거 아니냐? 그런데 이게 정상으로 보였다고?"

"제가…, 아무래도 본토 영어는 잘 몰라서 그런 것 같다고만 생각을….."

여기까지 이르자 박 교수님도 부아가 수그러드는 모양이었다.

"아이구, 이런 놈들 하고는. 야아, 이 내용 좀 봐라. 관사, 부정관사 죄다 틀렸고…, 이건 또 뭐야? 이걸 무슨 절을 이따위로 연결을. 이야, 이놈 큰일이네. 이렇게 영어를 못해서야…….."

박 교수님은 왕년에 '성문종합영어' 과외를 하신 분이다. 문법으로는 당할 자가 과거에도, 지금도 많지 않을 것이다. 우리는 논문을 쓰거나 외국에서 발표를 해도 좀처럼 쫄지 않는 편이지만, 매번 '박 교수님의 문법'을 통과하는 일은 적어도 열 배는 더 어렵다고 느꼈다. '빗살무늬 토기'라는 특유의 결과가 그냥 나온 것은 아니다. 박 교수님께 들어갔다가 온전한 모습으로 나온 논문은 아마도 역사상 존재하지 않을 것이다. 그 또한 이런 역사와 전통에 바탕을 둔 연유가 있는 것이다.

지금 나는 다음 주 우즈베키스탄 방문을 앞두고 준비를 하고 있다. 다른 나라에 가면 우선 수술을 했지만, 이번에는 자신들이 준비가 제대로 되지 않았다고 3개 대학에서 강의를 요청해 그 내용을 준비하면서 계속 강의 내용도 바꾸고, 그 나라 관련 인터넷 자료도 찾아 넣으며 준비하다 보니 예전에 무지하게 어려웠던 일들이 문득 떠올랐다. 그러고는 등골이 오싹한 느낌마저 들었다. 요즘처럼 세상이 변하여 이토록 간단한 방법들이 있으니 얼마나 다행인가.

다양한 어법

우리는 기본적으로 '사람을 상대하는' 직업이다. 나는 후배들이나 제자들에게 늘 이점을 강조한다. 사람과의 대화가 가장 중요하다는 뜻이다. 우리는 대부분 아주 건조한 방식의 말을 하게 되는데, 거기에는 다 까닭이 있다. 의사들은 과학적 지식과 판단을 기반으로 움직일 수밖에 없다. 그리고 이런 사실을 '꼬아서' 말하는 것은 절대 금기시하는 분위기를 가지고 있다.

우리가 쓰는 논문은 언제나 정확한 연구나 실험 결과를 가장 명료한 문장으로 요약·정리해야 한다. 그렇지 않고 주절주절 말이 많으면 바로 리젝트(reject), 혹은 메이저 리비전(major revision) 판정을 받게 된다.

내 개인적인 성향도 매우 그렇다. 어릴 적부터 그렇게 단련되었기 때문이기도 하지만, 내가 쓰는 논문은 아무리 길어도 웬만해서는 A4용지 10장을 넘어가지 않는다. (reference, figure, table 다 포함해서.)

뉴욕에 있을 때 내가 쓴 논문을 보고 자틴 샤(Jatin P. Shah) 선생뿐만 아니라 메모리얼 슬론 케터링 암센터(Memorial Sloan Kettering Cancer Center) 두경부외과(Head & Neck Service) 전원이 이구동성으로 "very straight forward" 하다고 말했었다.

내가 썼던 첫 논문은 지금은 은퇴하신 소아외과의 최○훈 교수님께서 주신 주제였다. 당시는 교수님의 서열이 그리 높지 않아서 겨우 1년차밖에 되지 않았던 내가 그 파트의 치프(chief)였다. (이 말은 그 파트의 유일한 전공의라는 말이 되겠다. 심지어 인턴도 없어서 혼자서 북 치고 장구 치고 다 하던 상태였다.)

순진했던(?) 때라서 교수님께서 주신 주제는 바로바로 논문으로 써야 하는 줄 알고 2주가 채 되기도 전에 초안을 써서 드렸는데, 정작 교수님은 그리 큰 기대는 하지 않았던 모양인지 정말 많이 놀라셨다. 나중에 알게 된 이야기지만, 당시 외과 레지던트들은 너무 힘들고 바빠서 논문 주제를 줘도 1년 넘게 시작도 못하는 사람이 대부분이었다고 한다. (나중에 보니 내 밑에서 수련 받은 사람들도 별반 다르지 않았다. 결국 답답한 사람이 우물을 판다고, 기다리다 지쳐서 내가 써버린 논문도 (아주) 많았다.)

그날 이후 갑자기 '신기한 녀석' 하나가 들어왔다는 소문이 퍼지고, 다수의 교수님들이 내게 논문 주제를 주셨다. 그 결과 팔자가 (아주아주) 나쁜 외과 레지던트가 된 셈이지만, 그렇게 단련된 결과가 오늘의 내 모습이 된 것은 분명하기 때문에(당시는 정말 한숨과 욕이 절로 나오는 상황이었으나) 매우 감사한 마음이다.

이렇게 논문을 많이 쓰게 되면 글이나 말하는 방식이 딱딱해지고 단순 명료한 것을 선호할 수밖에 없다. 나는 그 정도로 '할 말만 하자'는 주의인데, 솔직히 말하면 처음부터 그런 성향은 아니었다. 석사학위 논문을 쓸 때만 해도 정말 많이 혼났었다(132쪽 <구관이 명관인가>)는 이야기는 전에 이미 한 적이 있다(소주가 박스째로 필요하다는). 그때 이야기한 것은 데이터 분석에 대한 내용이었다.

말로 다하기 힘든 과정이었다는 건 그 내용만으로도 충분하지만, 그때 빼놓은 이야기가 하나 더 있다. (그래도 석사학위 논문인데) 다른 논문보다는 조금 더 신경을 써야겠다는 생각으로 서론부터 엄청난 레퍼런스와 역사적인 사실까지 엮어낸 나름의 '명문'을 작성하고, 디스커션(discussion)에서도 누구라도 승복할 수밖에 없는 논지를 펼쳤다. 하지만 그 유명한 '빗살무늬 토기'가 되어 나오기를 10여 회, 멋을 부린다고 영국식 영어로 쓴 goitre라는 단어에 이르러서는 "심지어 단어 철자(스펠)조차 모르는 놈"이라는 혹평을 받았었다. 결국 내 석사 논문은 원래 우리의 방식인 'very straight forward'한 방식으로 돌아갔다.

그렇게 단련이 되었기 때문에 한동안은 내가 말하는 방식도 매우 건조한 편이었다. 특히 학회에서 토론을 할 때는 더더욱 강하고 짧은 말로 '정곡을 찔러야' 했기에 날카로워질 수밖에 없다.

나는 학회에서는 상당히 악명 높은 '지적질' 하는 자였다. 누가 발표를 하는데 내가 질문하겠다고 마이크 앞에 서면 너무 긴장하거나 짜증을 내는 사람도 많았다. 우리 대학의 영상의학과 곽 모 교수는 자신이 회심의 역작으로 공들여 연구한 AI 관련 주제를 발표한 후(발표는 해당 과의 펠로우가 했고, 본인은 두 명의 좌장 중 한 명이었다) 내가 마이크 앞으로 나서자,

"아니, 또 왜요?"

라고 마이크가 켜진 줄 모르고 한마디 뱉는 바람에 분위기를 아주 '즐겁게' 만들었다.

이 에피소드 외에도 내게 당한 사람이 무수히 많은데, 지금 와서 생각하면 조금 미안하다는 생각이 드는 것도 사실이다. 하지만 그 지적은 누굴 야단치려는 목적이 아니라 연구 방법이 틀렸거나, 너무 얼토당토않은 논리를 바로잡으려는 것이고, 진정 그 연구가 제대로 된 방향으로 나아가도록 '돕는' 행위라고 나는 굳게 믿고 있다. 물론 당한 사람 입장에서는 기분이 '드러울' 수도 있겠지만.

나도 나이가 들어가다 보니, 너무 신랄하게 비판하면 안 되겠다는 생각이 들었다. 그게 언제부터인지는 기억이 가물가물하지만, 아무튼 조금씩 변화가 생겼다.

내가 악명 높았던 시기에는 함께 좌장을 본 가톨릭대학의 김

모 교수가 "장항석이가 처음에 나한테 '오늘 좌장을 조금 엄하게 보시죠'라고 해서 그러라고 했더니, 얘가 애들을 아예 반쯤 죽여 버리더만! 거의 채찍을 휘둘렀지. '이게 논문이야?' 하면서 말이지!"라며 혀를 내둘렀던 적도 있다.

하지만 어느 순간부터 '애들' 마음을 조금 다독이는 방식으로 지적질 패턴을 살짝 바꾸었더니, 역시 학회 후 회식 자리에서 원*의대의 강 모 교수님께서,

"이야, 장항석이! 너 요새 무슨 무술 배우니?"

"네? 제가 무슨 무술을?"

"너 요즘은 돌려차기 하던데?"

라는 평까지 하셨다. 당시에는 예상치 못한 말씀이라 이런 생각도 했었다. '돌려차기…. 그런데 내가 알기로는 그게 위력이 더 큰데? 맞으면 데미지가 장난이 아니라는데, 그런 뜻으로 하신 말씀인가?'

요즘 내가 좋아하는 어법이 있는데, 그렇게 기분을 나쁘게 하지도 않으면서 할 말은 다하는 이른바 '충청도식 어법'이다. 예를 들면 이런 것이다.

(이건 내 개인적인 경험) 4월 초 정도에 충청도 어느 지역의 절에 갔는데 그 절은 원래 벚꽃으로 유명하지만 그때는 웬일인지 전혀 꽃이 피지 않았다. 길을 막고 표를 검사하는 검표원 아저씨가 자신도 좀 미안한지, "여기는 저으기 충청도 식으루다가 좀 늦어유…."라고 했었다.

(비슷한 이야기) 충청도 어느 도시에서 앞차가 너무 느리게 꿈지럭거려서 빵빵거리다 결국 옆 차선으로 비켜 가려는데, 앞차 운전사가, "아유, 그렇게 바쁘심 어제 오시지 그러셨슈〜"

(드라마에 나온 이야기) 불판에 고기가 다 익었는데 먹지 않고 머뭇거리니까, "뭐여? 다들 탄 고기 좋아하는겨?"

(인터넷에 나온 이야기) 누가 칼로 복숭아를 깎는데 옆에 있던 할머니께서, "이잉, 니는 씨 먹을랴구 복숭아 깎는구나?"

내가 이런 식의 논법을 좋아한다는 것은 최근에서야 알았다. 그렇게 변하는 모양이다. 돌려차기도 나쁘지는 않지만, 조금 기분 덜 나쁘게 할 말은 다 할 수 있다면 그게 최선이지 않을까?

〈갑상선 브로스〉 지난 편에서도 말했듯, 나처럼 이런 식으로 에둘러 말하는 사람들이 옛날에는 다 귀양가고, 사약 받고 그랬다는데, 맞는 말이다.

그래, 입바른 소리도 에둘러 하도록 노력해 보자.

달팽이의 궤적 - 의대에 가고 싶어하는 사람들에게

요즘은 정말 많은 사람이 의대에 가고 싶어한다. 또 자식들을 의대에 보내려는 부모도 갈수록 더 늘어나는 추세다. 이렇게 상서롭지 못한 상황에 처한 의료계를 보면서도 이런 반응이라니…. 참 신기한 일이 아닐 수 없다. 하지만 의대를 가려고 준비하던 학생들, 그리고 이미 의대로 진학한 학생들은 어쩌겠는가, 앞으로 의료계가 어떻게 변하든 이 길을 갈 수밖에 없다면, 무엇을 해야 하고 무엇을 하지 말아야 하는지 알아야 한다.

며칠 전, 고등학교 1학년 때 내게 큰 수술을 받았던 친구가 진료를 보러 왔었다. 그 아이는 자기처럼 아픈 사람을 고쳐주고 싶다며 열심히 공부해서 의과대학에 들어갔다. 그런데 이 사태가 터지고 대학이라는 곳엔 발도 들여보지 못한 채 1년이 지났고, 올해도 어찌 될지 모른다고 했다. 그러면서 그는 다시 공부해서 다른 데로 가 볼까 고민중이라고 했다.

"다른 곳? 다른 곳 어디? 의대 다니기 싫구나?"

이런 내 질문에 그녀는

"아뇨. 다른 의대로 가 볼까 하고요."

이 대답에 나는 그 친구의 답답한 마음도 잘 알겠고, 마냥 허송세월을 하고 있는 상황에서 뭐라도 해 볼까 하는 생각이라는 건 이해할 수 있었다. 하지만 그건 더 큰 낭비라는 생각이 들었다.

"차라리 다른 공부를 더 해봐. 이왕 다들 다니고 싶어하는 의대에 갔는데, 굳이 또 다른 의대를 가자고 다시 공부를 하는 건 너무 낭비라고 생각한다"라고 조언했다. 진심이었다. 의사가 되어 살아가자면 결국에는 어차피 좁아 터진 세계에 고립될 것이 뻔한데, 귀하고 아까운 시간을 또 다시 입시 과정을 되풀이하며 쓰는 것이 옳은 선택은 아니라고 봤다.

어릴 적부터 우리는 의사라는 직업이 살아가는 방식에 대해 결국 지정된 한 점을 향해 갈 수밖에 없다는 사실을 알고 있었다. 우리는 늘 이런 현상을 '달팽이집 같은 궤적'이라고 불렀다. 그래서 정해진 시간에 공부만 하는 '모범생'들도 있지만, 우리처럼 약간 '논다리' 부류는 정말 '기를 쓰고' 노는 일에 몰두했었다. 물론 그 논다는 것이 의대의 관점으로 노는 것이지, 그저 시간을 흘려보낸다는 말은 아니다. 다양한 책을 읽고, 관련 없어 보이는 공부도 하고, 주제별로 박 터지게 토론도 하고, 누군가는 그림에 몰두하기도 하고, 또 누군가는 음악을 파고드는 그런 생활이었다.

물론 자라나는 세대에게 '놀아라, 놀아라' 말하는 것이 나쁘거나 옳지 않은 조언일 수도 있다. 하지만 나는 지금도 잘 노는 사람이 일도 더 잘하고 창의적이라고 믿는다. 사람을 상대하는 직업에서는 자신의 경험의 폭이 넓고 많을수록 상대를 더 잘 이해할 수 있다고 믿기 때문이다.

누군가 이런 말을 했던 것이 기억난다. "평생 가정을 가져본 적도 없는 스님이나 신부, 수녀들이 어떻게 사람들의 삶의 고민이나 가정 문제에 조언할 수 있느냐"는 말이 뒤통수를 '꽝' 치는 느낌을 주었다. 의사도 마찬가지라고 생각한다. 사람을 고치는 일을 하려면 자기만의 철학과 인간 본성에 대한 깊은 이해와 성찰이 필요하다. 단지 공부를 잘해서, 아니면 죽어라 노력해서 얻은 보상으로 의과대학에 들어갔다는 사실만으로는 결코 충분하지 않다.

사실 '하지 말아야 할 것'은 거의 없는 것 같다. 하지만, '해야 할 일'은 너무 많다. 물론, 일정 수준 이상의 공부를 해야 도전을 할 수 있을 테니, 눈을 돌려 다른 데를 볼 시간이 많지 않다. 하지만, 혹시라도 시간이 난다면, 더 많은 것을 보고, 읽고, 경험해 보라고 권하고 싶다. 사람이 살아가는 형태의 어떤 일이라도 우리가 직접 혹은 간접적인 경험을 쌓아 가는 것이 중요하다.

의과대학에서 아직 생활하고 있는 한 사람으로서, 내가 꼭 해주고 싶은 말이 있다.

"앞으로 여러분이 살아갈 삶은 그렇게 안락하지만은 않을 것이다. 그리고 그 길을 가면서 목적의식이 없다면 견디기 힘든 위기가 올 수도 있다. 결국 달팽이의 궤적을 따라갈 수밖에 없는 삶이라면, 그 원을 최대한 크게 그려보길 바란다."

의대를 꿈꾸고 가려는 사람이나 혹은 다니고 있는 이들이 기억해줬으면 하는 말이다.

당신은 어떤 타입의 의사인가?

이 질문에 스스로 자신 있게 답할 수 있는 사람은 과연 몇 명이나 될까? 생각보다 많지 않을 수 있다. 사실 이런 질문에 정답은 없지만, 미래에 이 길을 가고자 하는 사람들이 (남아) 있다면, 지금의 현실을 교훈으로 삼을 수 있도록 여기에 내가 알고 있는 외과의사의 유형을 분석하여 정리해 보고자 한다.

유형 1) 정통파 의사

오로지 의학의 길 외에는 다른 데 눈길을 두지 않는 진정한 의사이다. 이 부류의 사람들은 널리 알려지지는 않았지만 나름의 팬덤을 가지고 있으며, 자신이 치유한 환자들을 보는 것을 유일한 낙으로 삼는다. 이 유형에서 조금 변형된 타입으로는 '학구파' 의사가 있다. 진료뿐만 아니라 학술 활동과 연구를 중요하게 여기며(의학의 중요한 부분이기 때문에), 이 점에서 역시 정통파라 칭하기에 부족함이 없다.

과거에 장기려 박사님의 제자들이 다양한 분야에서 활발한 활동을 하시던 시절, 유독 내 부친만 방송에 나오지 않는 것을 보고, '왜 아버지는 방송에도 좀 나가시고 그러시지 않는가'에 대해 여쭤본 적이 있다.

당시 내 부친의 대답은 "그럴 시간에 환자를 한 명 더 볼 생각은 하지 않고 '저렇게 나대는' 자들이 정상인가"라고 반문하셨다. 그때 내 부친은 "네가 의사가 되고 싶다면, 그런 썩어 빠진 생각일랑 당장 지워버리라"고 말씀하시며 나를 혼내셨다.

유형 2) 정치적 의사

말 그대로 정치에 관심이 많은 유형이다. 감투도 좋아하고, 어릴 적부터 어느 교수의 선거 캠프(주로 선출직인 학장, 의료원장, 총장 선거철에 반짝 한철을 맞는다)를 드나들며 잔뼈가 굵어 가고, 결국 그 길로 가게된다. 병원 내 자잘한 보직으로 출발하지만 나중에는 병원장도 되고 더 높은 자리에 오르기도 한다.

이 유형의 의사들은, 특히 '외과의사'로는 낙제점인 경우가 많다. 이 말은, 이들이 다른 데 신경을 더 많이 쓰느라 스스로를 단련

시키고 술기를 개발해야 할 시간이 부족하기 때문이다. 외과의사로서 가장 중요한 부분이 부족할 수밖에 없다는 뜻이다. (어찌 보면 당연하다.) 그래서 이들은 수술이나 진료보다는 점점 더 정치 활동에 관심을 기울이고 몰두할 수밖에 없다.

이 부류의 외과의사들은 대외적으로는 유명하지만, 정작 내부에서 '실력이 있다'는 평을 받기는 어렵다. 물론 예외는 있을 수 있다. (애매모호하게 쓰는 이유에 대해서는 많은 분들이 이해하실 것이라 믿는다.) 사실 이런 타입의 의사는 사회 내에서 그리 환영받는 타입은 아닐 수도 있다. 그러나 최근 사회상을 보면 이런 사람들도 분명히 필요하다는 생각이 든다.

유형 3) 연예 계통 의사

방송이나 여러 매체에 노출되고 유명해지며, 나중에는 어떤 프로그램에 고정 출연하기를 희망하는 좀 특이한 유형이다. 이 계통 사람들은 주로 자신을 내세우고 떠벌리길 좋아해서, 누구든 붙잡고 자신이 어떤 방송에 나왔는지, 어떤 신문에 소개되었는지 늘어놓기를 좋아한다.

실제로 그런 사람이 있었다. (우리 외과는 아니지만.) 환자에게 자신에 대한 이야기만 주구장창 늘어놓고 정작 환자의 질병이나 치료에 대해서는 너무 무성의하다고 내가 의뢰했던 환자들이 돌아와서 욕한 바 있다.

또 하나 떠오르는 기억은 내가 학생 시절의 일이다. 내 한두 해 선배의 부친에 관한 이야기다. (역시, 애매모호하게 쓰는 이유에 대해서는 많은 분들이 이해하실 것이라 믿는다.) 그분은 방송에도 자주 나오는 꽤 유명한 분이었다.

어느 날 버스를 타고 그 선배 부친의 병원 앞을 지나는데, 건물 전면을 다 차지하는 대형 플래카드가 걸려 있었다. 거기에는 〈한○○ 박사 귀국 기념 진료!〉라고 크게 쓰여 있었다.

나는 그분이 동남아 어딘가로 여행을 다녀온 뒤라고 알고 있었기에, 바로 '빵터짐'을 경험했던 기억이 있다.

유형 4) 잡기형 의사

이런 유형은 과거에 우리가 '공부 빼고 다 잘하는 자'라고 불렀던 유형이다. 잡다한 분야에 관심이 지대한데, 정작 본업에 충실하지 못한 것이 가장 큰 특징이다. 물론 이도저도 다 잘하면 얼마나 좋겠는가만, 〈모수자천(毛遂自薦)〉편에서도 나오듯이 세상에 문무를 다 겸비한 사람은 그리 흔하지 않다. 이런 유형의 의사들에 대해 주변 사람들이 느끼는 감정은, '함께 놀기는 좋으나 함께 일하기는 싫은' 그런 것이다.

의사들 중에 여러 잡기에 능한 유형이 많긴 하지만 요즘은 보통 '운동'을 취미로 하는 사람이 많아진 것 같다. 아마도 내 연령대의 특성일 수도 있지만, 나이 들어서 새로운 것을 배우고 시작한다는 것이 어렵거나 너무 막막해서, 그저 만만한 것을 찾다 보니 그렇지 않나 싶다. (왜 애매모호하게 쓰는지는 역시 이하 동문이다.)

유형을 정리하고 보니 분류는 가능하지만 누군가를 정확히 규정하기엔 설명이 너무 부족하고, 심지어 부적절할 수도 있겠다는 생각이 든다. 정작 스스로 어떤 타입이냐는 질문을 받았을 때, 뭐라고 답할 수 있을지 조금 난감하다는 생각마저 든다.

그래도 이런 글을 쓰고 스스로 모범을 보이지 않는다면 지극히 무도한 일일 듯하여 굳이 밝히자면, 나는 일단 유형 2는 절대 아니고, 그렇다고 완전 정통파도 아닌 것이(그 시간에 환자 볼 생각은 하지 않고, 방송에 얼굴 들이미는 것을 마다하지 않는 '썩어빠진 정신 상태'가 있어서리), 유형 4에서 완전히 벗어나 있지도 않아서…, 결론적으로 (굳이 틀에 엮어 넣어) 말하자면, 나는 '짬뽕형' 의사라고 보는 것이 타당할 것 같다.

Epilogue

이 책의 시작에서 밝힌 바와 같이, 이 글들은 대부분, 인터넷 카페 〈거북이 가족〉에 게시했던 글들이다. 이 글도 마찬가지인데, 여기에 달렸던 재미있는 댓글 하나를 소개하려 한다.

 - 짬뽕형 의사? 그럼 장호진 샘이 '짬뽕'?

조금 설명이 필요하겠다.

장호진 선생은 나와 함께 근무하다가 지금은 뜻한 바 있어 개원했다. 하지만 이글을 올렸을 당시에는 강남세브란스의 교수였고, 내 동생이라는 것이 널리 알려져 있었다.

그래서 이 댓글을 단 사람은 '짬뽕형'이 짬뽕形이 아니라 '짬뽕兄'이라고 절묘하게 해석한 것이다.

역시 재치와 위트는 언제나 사람들을 즐겁게 한다.

드레이크 방정식

이 방정식은 인간과 교신 가능한 외계인이 존재할 확률과 그 수를 계산하기 위한 것이다. 이 방정식은 외계 지적 생명체 탐사 계획 (SETI: Search for Extra-Terrestrial Intelligence)의 설립자인 프랭크 드레이크(Frank Drake)가 고안했다. 다른 이름으로는 그린뱅크 방정식(Green bank equation) 또는 세이건 방정식(Sagan equation)이라고도 불린다.

드레이크 방정식(Drake equation)은 다음과 같다.

$$N = R^* \times f_p \times n_e \times f_l \times f_i \times f_c \times L$$

또한 각각의 항의 의미는 다음과 같다. (확률 항목은 모두 0에서 1 사이의 값을 가진다.)

N = 우리 은하 내 교신이 가능한 지적 외계 생명체 문명의 수.

R^* = 우리 은하 내에서 1년 동안 탄생하는 항성의 수.

fp = 위의 항성들이 행성을 가지고 있을 확률.

n_e = 항성에 속한 행성들 중에 생명체가 살 수 있는 행성의 수.

f_l = 위 조건을 만족한 행성에서 생명체가 발생할 확률.

f_i = 발생한 생명체가 지적 문명으로 진화할 확률.

f_c = 발생한 지적 문명이 탐지 가능한 신호를 보낼 수 있을 정도로 발전할 확률.

L = 위의 조건을 만족한 지적 문명이 존재할 수 있는 시간.

일단 이 방정식을 본 첫 느낌은…. 솔직히 이런 쓰잘데기 없는 방정식은 도대체 왜 만든 것일까 하는 의문이었다.

일단 이 식에 의하면, 어떠한 결과도 얻을 수 없다. 모든 변수가 부정확하기 때문이다. 처음부터 끝까지 '정확하지 않은 값'을 곱해서 결과를 도출한다는 것이 일반적으로 말이 안 되고, 논리적으로도 성립하기 어렵다. 이걸 수학이라는 형식을 빌려 표현한 것은 말 그대로 '수학에 대한 모독'처럼 느껴졌다. (오차 범위가 수천만에서 수억이 될 수 있는 결과가 나오는 것을 수학이라고 하면 안 된다.)

그럼에도 이런 방정식이 여전히 쓰이고 있는 데는 그만한 이유가 있을 것이다. 그것은 바로, 과학자들이 고려해야 하는 다양성을 강조하기 위함이라고 한다. 특히 외계의 지적 생명체를 찾고자 하는 사람들이라면, 이 다양한 가능성과 개념을 갖고 있지 않다면, 그 연구 역시 큰 문제가 된다는 것이다. 그 의견에는 나도 전적으로 동의한다.

다양성에 대한 상상력이 부족하다면 굳이 하늘을 바라보며 시간을 보내는 직업을 선택할 이유가 없을 것이다.

이 방정식에 의하면 외계의 생명체가, 그것도 지적인 능력을 소유한 생명체가 존재할 확률은 인류가 더 발전하고 더 노력할수록 점점 더 커지게 된다. 그야말로 오늘보다 내일이 더 기대되는 '발전형'의 발상이다.

오늘 문득 이 방정식이 떠오른 이유는 따로 있다. 나는 우리 사회가 점점 더 발전하고 있다는 사실을 믿는 사람이다. 예전에 읽은 책, 내가 좋아하는 작가인 헤럴드 모로위츠(Harold J. Morowitz)의 《피자의 열역학》의 내용에, 대학 교수인 그가 학생들에게 미래에 대한 리포트를 내라고 했더니, 모두 암울한 디스토피아적 발상밖에 없었다고 한다. 그는 이 책의 말미에, 과거는 언제나 지금보다 암울했다고 지적한다.

굳이 그의 지적을 답습하지 않더라도, 과거를 아름답게 회상하는 것은 우리의 망각 때문이며, 미래를 두려워하는 것은 우리의 무지 때문이다. 오늘 드레이크 방정식이 우리에게 던지는 교훈에 대해 나는 이렇게 이야기하고 싶다.

미래는 언제나 불확실하다. 그러나 과거보다 한 걸음이라도 우리는 앞으로 나아가고 있다. 비록 지금 어두운 길을 걷고 있어도, 이 밤이 지나면 꼭 다시 아침을 맞을 것이다.

가장 중요한 것은, 그렇게라도 걸어가야 하는 것을 아는 것과, 멈추지 않으려는 우리의 의지다.

Epilogue

이 방정식은 다양한 가능성을 품고 있으며, 그 결과가 무려 수억 단위까지 차이가 날 수 밖에 없는 무궁무진한 미래의 '희망'에 대한 찬사라고 생각한다.

이 얼마나 불합리하면서도 오묘하고, 심지어 아름답기까지 한 해석인가!

모수자천

모수자천(毛遂自薦)은 '선시어외(先始於隗)'라는 고사성어와 일맥 상통하는 면이 있다. 선시어외의 뜻은 '뭔가를 잘 하려면 주변 사람부터 신경을 쓰라'는 의미가 더 강하지만, 이 말을 한 사람이 자신을 내세웠다는 점에서 비슷한 뉘앙스를 가진다고 볼 수 있다.

그에 비해 '자기 스스로를 추천한다'는 말과 더 직접적으로 연결된 고사성어로는 오늘의 주제인 낭중지추(囊中之錐)가 있다. 이 내용은 《사기(史記)》의 〈평원군열전(平原君列傳)〉에 나온다.

때는 바야흐로 전국 시대, 당시 조나라의 수도 한단이 진나라 군대에 포위되는 위기에 처하자, 조나라에서는 평소 현명한 지도자로 소문났던 평원군을 초나라에 파견해 초의 도움을 얻어 진나라의 침략을 물리치고자 하였다. 조나라 혜문왕의 동생인 평원군 조승(趙勝)은 어질고 현명하여 수천 명의 식객이 그의 집에 머물렀다고 한다.

당시의 시대상을 보면, 글깨나 쓴다거나 힘 좀 있다는 자들이 모두 자신의 재주를 뽐내며 후원자의 집에서 식객이라는 이름으로 '기생충' 노릇을 하고 살아가는 사회 현상이 있었던지라, 평원군이 '어질다'는 말은 어느 정도 너그럽게 사람들을 받아주었다는 정도로 짐작하거나 이해해도 무방하다.

하지만 모였다고 다 인재는 아니다. 또 잘난 척, 센 척한다고 해서 다 그만큼의 능력이 있다고는 말할 수도 없다. 이는 만고불변의 진리다.

이런 무서운 원리 그대로, 평원군이 목숨을 걸고 임무를 수행하려는 마당에 힘이 되어 줄 가능성이 있는 '문무를 겸비한' 20명의 인재를 가려 뽑으려 하는데, 수천 명이나 되는 그의 식객들 중에서 얼마 안 되는 수를 도저히 채울 수 없었다. (하긴, 예나 지금이나 문무를 겸비한 사람은 드물다). 그때 실망에 빠진 평원군에게 스스로 자신을 추천한 사람이 있었으니, 그의 이름은 모수(毛遂)였다.

평원군이 판단하기에 모수는 적절한 인물이 아니었다. 인자한 평원군이 보기에도 지금 상황이 녹록지 않은데, 이렇게 말도 안 되게 나서는 작자가 곱게 보일 리 없었을 것이다. 그래서 인격이 드높은 평원군도 나무라듯 말했다.

"무릇 어진 선비란 마치 주머니 속의 송곳과 같아서(囊中之錐, 낭중지추) 그 끝이 주머니를 뚫고 나오듯이 금방 세상에 드러나는 법입니다. 그런데 선생은 내 집에서 3년이나 거주했다는데 내가 이름을 들은 적이 없고, 주변에서 선생을 칭찬하는 말을 한 번도 듣지 못했습니다."

그야말로 '돌려차기 초식'이다. 역시 평원군은 비범하기 이를 데 없는 사람이 분명하다! 그러자 모수는 눈 하나 깜빡하지 않고 바로 받아쳤다.

"그러니 이제라도 주머니에 넣어 주시기를 청하옵니다. 만약 군께서 저를 일찍 주머니에 넣어 주셨다면 단지 송곳 끝뿐이겠사옵니까? 송곳의 자루까지 모두 보셨을 것입니다."

이에 주변의 사람들이 모수의 기지와 언변에 감탄했고, 평원군도 그의 재치에 감복하여 그를 초나라 사절단에 포함시키게 되었다. (으음… 이 초식은 아마도… 도전자 허리케인 급의 크로스 카운터라고 봐도 될 것 같다.)

이렇게 구성된 조나라의 사신단은 초나라로 가서 왕을 설득하려 했으나 진나라의 기세에 눌린 초왕은 요지부동이었다. 한나절이 지나도록 시간을 허비한 평원군이 포기하려는 순간, 모수는 칼을 든 채 단 위로 뛰어올라 초나라 왕을 겁박하면서 "이렇게 강한 국력을 지닌 나라가 진나라에 영토를 빼앗기고도 비굴한 행태를 보이는 것이 수치스럽지도 않습니까?" 하고 비난하며 초왕을 격

발시켰다. 이런 모수의 기지에 설득된 초왕은 드디어 조나라 사절단의 뜻을 받아들였고, 그들의 목적을 달성하게 되었다. 그 결과 초나라는 군사를 일으켜 진나라를 공격했고 풍전등화 같던 조나라는 구원을 받게 되었다.

후일 평원군은 모수를 평하기를, "내 다시는 관상만으로 선비를 평가하지 않겠다. 모 선생을 알아 보지도 못했으니 말이다"라고 했다고 한다.

사람을 평가하는 기준은 다양하지만, 실제로 우리는 눈에 보이는 것에 크게 좌우된다. 겨우 얼굴만 보고도 그 사람이 착하다, 똑똑하다 등 '너무나 대담하고 용감한' 판단을 서슴없이 내린다. 심지어 그 판단이 잘못이라는 것을 모르지 않으면서도 늘 그렇게 하고 있다는 사실을 깨닫게 된다. 결국 보이는 것이 '거의 다'라는 것이다. 그게 우리가 하고 있는 짓이다.

오늘의 고사성어는 바로 이런 우리의 습관을 날카롭게 지적하는 예라 할 것이다. 그렇다면 의학에서는 이런 고사성어를 어떻게 적용할 수 있을까? 우선 낭중지추가 되고자 한다면, 남들보다 특출나게 보이고 또 인정을 받아야 한다. 이 내용은 다른 어느 분야와도 다를 것이 없다.

의대 사회에서도 뛰어나다는 평판을 얻으려면, 병원 내에서 먼저 눈에 띄어야 한다. '내부고객'이라고 부르는 구성원들이 먼저 인정하고, 그 다음에 자신이나 가족의 문제를 의뢰하는 단계가 온다. 그런 다음 소문이 외부로 퍼지면서 조금씩 인기(?)가 올라가고 결국 대가의 반열로 올라가게 된다.

하지만 이런 자연스러운 과정이 모든 사람에게 다 적용되거나 해당하는 것은 아니다. 실제로 엄청난 실력을 갖추고 있는데도 생각보다 인정받지 못하는 사람도 많다. 이런 사람들은 묵묵히 자신의 일 외에는 관심이 없고, 오로지 실력으로 문제를 해결해 나가려는 부류다.

그러나 현대 사회에서는 그렇게 '숨은 고수'로만 살아가는 것이 무조건 바람직하다고만 할 수는 없다. 스스로의 만족만으로는 조금 부족한 시대다.

우리 대학의 총장을 지내신 김병수 교수님은, 우리를 가르치실 때, 의사 한 명을 양성하는 데 투입되는 사회적 비용(등록금, 교재비, 하숙비 등등 부모를 비롯한 가족들이 부담하는 비용을 제하고도)이 무려 2억 원에 달한다고 강조하셨다. 당시가 80년대 초반이었으니 지금은 그보다 훨씬 많은 비용이 들 것이다. 그렇게 사회적 비용이 들어간 만큼, 그 자격증에는 그만한 책임이 따른다고 나는 생각한다.

조용히 환자만 보는 것도 분명 의미가 있지만, 자신이 가진 지식과 경험을 더 넓게 펼치는 것도 중요하다. '널리 펼친다'는 말은 많은 환자를 본다는 의미보다는 자신의 역량과 능력을 널리 펼쳐 교육과 사회적 기여로 이어지게 하는 일이다.

그것을 충족하기 위한 방법으로는 어떤 방식이든 역량을 극대화하고, 다음으로는 자신의 가치를 드러내고, 그 다음으로 쌓아 올린 '명성(reputation)'을 통해 널리 영향이 미치도록 하는 것이 중요하겠다.

정리해 보면, 의학계에서 낭중지추가 되기 위해서는 먼저 '주머니' 안으로는 들어가야 한다. 즉, 스스로를 적극적으로 드러내는 모수자천이 필요하다. 그리고 그렇게 드러난 후에는 주변에서 먼저 시작하는 선시어외의 실천이 뒤따라야 한다.

그래야 능력이 세상에 드러나고, 그 능력이 널리 영향력을 미칠 수 있다.

수술 일지

과거에는 그런 것이 유행이었다. 외과의사들에게는 저마다의 '장부' 같은 것이 있었는데, 그것은 자신이 한 수술을 기록하는 일종의 일기였다.

　내가 레지던트일 때 이런 문화는 아주 널리 유행하고 있었는데, 하루 수술을 마치고 회진을 끝낸 뒤, 책상에 앉아 그날의 수술을 복기하며 기록을 남기는 사람도 있었고, 당시로서는 아주 드물었던 얼리 어댑터(early adaptor)인 이○정 교수처럼, 구하기 힘든 (비싸고) 작은 노트북을 들고 다니면서, 역시 구하기 힘든 CAD 프로그램을 이용해 수술 그림까지 직접 그려가며 수술실에서 바로바로 기록하던 사람도 있었다.

그 모습도 놀라웠지만, 가장 '훌륭하고', '완성도 높은' 기록을 남기신 분은 노○훈 교수였다. 그분의 노트를 보면 감탄할 정도로 수술 과정의 기록이 일목요연했고, 그날 한 수술이 어떤 수술인지 단번에 알아볼 수 있도록 간단한 개략도(schematic diagram)와 함께 한 페이지 안에 정리되어 있었다.

이런 복기와 기록은 시간이 한참 흐른 뒤에도 아주 중요한 자료가 되기 마련이다. 환자의 안전과 미비한 점을 바로 수정할 수 있는 중요한 근거가 되기도 하고, 내 생각에 가장 중요한 점은 외과의사 개인의 발전을 끊임없이 자극하는 힘이 된다. 나도 외과 교수로 독립한 후에 이런 자료를 열심히 만들었던 시기가 있었다. 내가 선택한 방식은 기록을 정리하거나 그림을 그린 노트가 아니라 사진이었다.

수술 전 모든 영상 자료에서 핵심이 되는 장면을 저장하고, 수술 과정에 중요한 부분이 있으면 즉시 촬영했다. 수술 후 떼어낸 암 조직은 실제 위치에 맞춰 인체 구조의 그림을 그린 뒤 그 위에 배열해서 사진을 찍었다. 그런 다음 수술 전에 판단한 자료와 다르거나 놓친 부분, 혹은 틀린 부분이 없는지 하나하나 복기했다. 이런 기록을 갖고 있다는 것은 아주 큰 힘이 된다.

예전부터 내가 하는 학회 발표나 강의를 보고 다들 놀라워하는 것도, 다른 사람들은 교과서 사진을 스캔해서 붙이는데, 나는 작은 자료까지 전부 내가 작업해둔 사진과 기록을 사용하기 때문이다.

지금도 사람들이 발표할 때 사용하는 사진들 중에 아주 '험한 케이스들'은 거의 다 내가 찍은 사진이라고 해도 과언이 아니다. 지금 같으면 문제가 될 행동이지만, 과거에는 (다른 대학까지 포함해서) 사람들이 학회 발표할 때 내 사진을 빌려가는 일이 흔했다. 그런 자료들이 아무 죄책감 없이 풀려 이리저리 떠돌았던 탓에 이런 일이 있는 것이다.

그렇다고 내가 이를 문제 삼을 생각은 없고, 그런 사진들을 본 사람들이 조금이라도 경각심을 가지고 교훈으로 삼으면 좋겠다는 (대인배적인) 마음으로 너그러이 넘어가고 있다(^ ^).

이렇게 기록을 남기는 작업은 거의 10년 넘게 지속했는데, 자료가 너무 많아지고 감당하기 어려운 수준이 되자 아주 특이한 상황이거나 드문 케이스 위주로만 남기게 되었다. (감당이 안 된다는 것은 당시 가용 외장 하드가 너무 많이 필요했기 때문이다. 물론, 과거에는 상상도 못했던 용량의 외장 하드를 지금은 아주 매력적인 가격으로 쉽게 구할 수 있지만, 당시는 비용을 감당하기도 만만치 않았다.)

몇 년이 지나자 '특이' 하거나 '드문' 케이스가 더는 나오지 않는다는 생각이 들어 기록을 중단했다. 하지만 수술 복기만큼은 지금도 매일 하고 있다.

이제 수술과 저녁 회진을 마치고 복기하는 일은 하루의 루틴(routine)으로 자리를 잡았다. 이런 과정이 중요한 이유는 앞으로의 개선과 발전을 위해서 뿐만 아니라 문제가 있다면 즉시 해결하여 더 큰 문제로 번지거나 확대되지 않게 하기 위함이다. 그리고 조금이라도 이상하거나 켕기는 부분이 있다면 반드시 확인해야 하고, 또 교정하려는 일(필요한 조치)을 늦춰서는 안 된다.

어느 누구도 재수술을 원하거나 추가 작업을 좋아할 리는 없다. 기억할 것은, 무엇보다 중요한 일은 질병과의 싸움에서 가장 유리한 상황을 만드는 것이다. 더 나아가 교정은 빠를수록 좋다.

나는 수술 후에 문제가 있다고 판단하면 수술실에 다시 들어가는 것을 주저하지 않는다. 환자나 보호자에게 상황을 설명하기도 어렵고 미안한 마음은 크지만, 그렇다고 질질 끌어 좋을 일은 단 하나도 없다고 생각한다. 가장 대표적인 상황이 광범위 측경부청소술 후에 발생할 수 있는 '유미루(chyle leakage)'다.

넓게 림프절을 절제한 경우 보이지 않게 작은 림프관이 열리면서 림프액이 새는 증상인데, 젖빛의 액체가 흘러나오기 때문에 이런 명칭이 붙었다. 이런 일이 생길 경우, 무지방 식이를 하고 압박치료(compression dressing)를 하면 일부 막을 수 있고 저절로 멎게 될 수도 있지만, 그것도 적은 양이 나올 때의 이야기지 너무 많이 배액되면 빨리 다시 들어가서 그 부분을 깔끔하게 정리해 주어야 한다. 이런 일은 빠를수록 결과가 좋기 때문에, 가능한 한 빨리 결정하고 재수술을 하는 것이 옳다. (개인적인 주장은 이렇다. 반대의 의견도 있을 수 있다.)

마찬가지로 다른 문제가 있는데, 가장 올바른 해결책이 다시 들어가서 확인하는 것이라면, 역시 시간을 끌며 주저할 이유가 없다.

바둑에서 복기가 가장 중요하다는 글을 읽은 적이 있다. 다른 어떤 일도 그렇다고 생각한다. 물론, 역사에 복기란 있을 수 없고, 헛된 가정만큼 낭비가 없다는 말도 있다. 하지만 이런저런 가정으로 헛된 환상을 갖는 것(예를 들어 광개토대왕이 중국을 다 쓸어버리고 정복했다면 오늘날의 우리나라는 어떨까, 이순신 장군이 살아남아서 일본으로 침공해 역시 다 쓸어버렸다면 우리에게 고난의 역사는 없지 않을까 하는 식의 가정과 상상을 말한다)은 진정 소모적인 일일 것이나, 교정할 부분이나 아쉬운 점을 되짚고 교훈을 얻는다는 면에서의 복기는 충분한 가치가 있다고 생각한다.

내가 발전하는 것도 중요하지만, 이런 정보를 공유하는 사람들에게 '타산지석'일지언정 교훈을 준다면 역시 가치는 충분하다. 그렇기 때문에 외과 영역에서는 이런 기록과 자료가 귀중한 가치라 할 수 있다.

진상은 進上인가, 眞上인가?

원래 진상이라는 단어는 여러 가지 뜻을 가지고 있는데, 특히 이 부분만 따로 생각해 보자. 과거의 진상은 '進上'이라는 한자어를 썼다. 이 단어는 임금에게 올리는 그 지역의 최상품, 혹은 그런 행위를 일컫는 말이었다. 그러니 '진상품'은 각 지역의 특산물 중 최고의 상품을 뜻하는 말로, 요즘도 특산물을 선전하는 취지로 '진상품'이었음을 표방하기도 한다.

그런데 사회의 규율이 엉망이 되고 체제가 흔들리기 시작하면서부터는 이런 행위 자체가 극심한 고통을 주는 병폐가 되고 만다. 민중의 고혈을 짜서 이득을 취하는 악질적인 고위층부터, 또 비슷한 처지이면서도 사람들을 괴롭히며 그 와중에 자투리 이익이라도 취하려는 자들로 대부분의 백성은 큰 괴로움을 당할 수밖에 없다.

소위 가렴주구(苛斂誅求)라는 것이 횡행하는 사회에서는, (과거의 기록을 보면) 특산물이 나는 좋은 땅에 일부러 불을 질러 농사를 망쳐 버리기도 하고, 뭔가 좋은 동·식물 같은 것이 수확되더라도 그걸 갖다 버리는 일도 많았다.

사람들은 좋은 것이 생겨도 그것을 임금에게 바칠 생각 자체가 스스로에게 위협이 되는 행위라는 것을 잘 알았을 것이다. 그래서 어떤 학자는, "진상품은 결코 최상의 것이 아니었다"고 말했다.

그의 설명에 따르면, 자칫 (순진한 생각에) 최상품을 바쳤다가는 다음 해, 또 그다음 해에 점점 더 좋은 것을 기대하고 요구할 테니 결코 감당할 수 없음을 잘 알기 때문이라고 했다.

처음으로 교육과 수련과정을 다 마치고 독립했을 때, 나는 작은 대학으로 가게 됐다. 다행히 그 대학에는 (당시 IMF로 인해 오갈 데 없던 많은) 선배들이 같이 있어서 외롭지도 않았고, 또 배울 것이 많아 재미도 있었다. 이제 막 시작한 신출내기로서, 나는 이전에도 늘 그랬듯이 언제나 최선을 다했고, 연구와 논문뿐 아니라 임상 실적을 올리는 데도 열과 성을 다하고 있었다.

그렇게 생활을 하던 어느 날, 한 선배가 술자리에서 내게 한 가지 충고를 해 주었다.

"장항석이, 요즘 열심히 한다고 소문이 자자해."

"아, 감사합니다. 열심히 하려고는 하는데 아직 많이 부족하죠."

"아냐, 아냐. 넌 잘하고 있어. 아니 너무 많이 잘하지. 근데, 거기에 좀 문제가 있는 것 같아서 말이지."

"네? 무슨 문제가…?"

그 시점에서 조금 취해 보였던 선배의 눈빛이 형형하게 밝아지는 것을 느꼈다.

"장항석이, 너 말야…, 너무 순진해. 이거 무슨 뜻인지 모르겠지?"

"네, 저는 도무지…."

그는 얕은 한숨을 쉬었다. 그러고는 많은 이야기를 해 주었다.

지금도 그의 눈빛과 표정을 잊을 수 없는데, 그의 말인즉슨, '네가 올해 거둔 실적이 어느 수준이라면, 다음 해에는 그 130퍼센트는 되어야 할 것'이라는 말이었다. 그렇기 때문에 내가 물불 가리지 않는 사람처럼 달려드는 것이 너무 걱정스럽다는 의미였다.

처음에 그의 말을 들었을 때는 너무 슬프다는 생각을 했다. 아마도 매년 30퍼센트쯤은 충분히 성과를 거둘 수 있을 것이라는, 역시 '순진한 생각'을 했기 때문일 것이다. 그런 경험은 그렇게 지나갔고, 나는 한동안 그 기억을 잊고 살았다.

그러던 어느 날 이 기억을 다시 소환하게 된 일이 있었는데, 그건 당시 주임 교수로 신촌에 가신 손 모 교수를 대신해 신촌에서 교환 형식으로 오게 된 이 모 교수가 주인공이었다.

그는 내가 군필로 수련을 받을 당시 군미필, 즉 Kim's였던 동기였다. 워낙 실력이 뛰어나고 똑똑한 사람이기 때문에 나를 비롯해 많은 이들이 그의 합류로 인해 강남의 그 분야가 크게 발전할 것이라고 기대를 했다.

하지만 기대와는 달리 그는 너무 소극적으로 행동했고, 도무지 무슨 일을 하는지 모를 정도로 눈에 띄려고 하지도 않는 것 같았다. 너무 답답한 마음에 우연히 그와 함께하게 된 술자리에서 나는 그에게 말을 건넸다.

"○○야, 나는 네가 가진 능력을 너무 잘 아는데… 네가 왜 이러는지 잘 모르겠다. 내가 보기에 너는 네가 가진 능력의 10분의 1도 안 보여주는 것 같다."

원래 내가 오늘 쓰고자 했던 글에 이 사연은 없었다. 그런데 글을 쓰다 보니 문득 이 기억이 떠오른 이유는, 아마도 내가 처음 시작할 때 선배에게 들었던 조언과 너무나도 대조적인 내용이었기 때문인 듯하다. 지금 돌이켜 보면, 나는 정말 여전히 '순진하기 그지없어' 눈치도 없이, 최선을 다하지 않는다고 그를 몰아붙였던 것이다.

그는 매우 영민한 사람이기 때문에 그의 그런 행동에는 수만 가지 타당한 이유와 근거가 있었을 텐데, 나는 선배랍시고 그 내용을 통찰하지도 못한 채 그런 말을 했던 것이다.

이글의 제목은 나중에 정해진 것이다. 그래서 글의 서두가 제목에 따라 추가된 셈이다.

진상(進上)인가, 진상(眞上)인가?

그리고 무엇이 옳은가? '최고의 것은 결코 진상품이 되어서는 안 된다'는 그 의미가 맞을까? 오늘날 우리가 흔히 쓰는 '진상'이라는 말은, '겉보기엔 그럴듯한데 품질은 많이 실망스럽다'는 의미의 기원이라고 설명하는 사람들도 있다고 한다. (물론 '진짜 상대하기 싫은 인간'에서 앞 글자만 따왔다는 설도 있더라.)

이 말을 이렇게 흔히 쓰는 용법으로 보면, 조금 당황스럽기까지 한 이 단어의 뜻은 원래의 의미와 정반대라는 아이러니에서 나왔다는 해석도 있으니, 사회의 병폐가 가진 영향력이 얼마나 큰 것인지 잘 알 수 있다.

하지만, 나는 '진정한 최고'라는 말을 믿고 싶다. 그리고 진정 그래야 한다고 믿는다. 다만 사회의 시스템이 잘못된 것이지, 진실은 또 그 나름대로 존재해야 한다고도 믿는다.

비록 내일을 감당하기 힘들지라도, 진정 올바른 사회라면 언제나 최선을 다하는 것이 옳아야 한다고 나는 굳세게 믿는다.

Epilogue

우리의 일상은 늘 'struggle out'이라는 표현이 정말 잘 어울린다고 생각한다. 전 세계 어디를 가더라도 상황은 다르지 않다. 제아무리 선진국이라 해도 마찬가지다.

그렇게 헤치고 나아가야만 비로소 밝은 내일을 만날 수 있는 것이다.

만약에 그렇지 안다면, 즉 최선을 다한 것이 오히려 미래를 불행하게 만든다면, 그 사회는 필경 망하게 돼 있다.

언제 외과의사가 되는가?

이 문제의 답은 그리 간단하지 않다. 제대로 된 답을 하기 위해서는 조금 많은 일을 고려해 봐야 한다고 생각한다.

외과의사는 요즘 한국에서 '낙수 의사'라고 불리는 대표적인 직업군이다. 그게 아니더라도 과거로부터 전형적인 3D라는 표식이 늘 꼬리표로 달려 있던 직업으로 한결같이 이어져 왔다.

이 한심한 직업을 택하는 사람마저 드문 지금, 나는 왜 갑자기 이런 생각을 하게 되었을까? 그리고 군이 이런 글을 쓰게 되었을까? 사실은 잘 모르겠다. 하지만 한 가지 군이 핑계를 대자면, 이 일을 할 사람들이 멸종되고 만다면 얼마나 많은 어려움이 생길까, 그리하여 정작 꼭 필요한 순간에 이 직업이 비어 있다면 어떻게 될까 하는 생각이 들어서일 것이다.

옛말에 "개똥도 약에 쓰려면 없다"는 말이 있다. 지금 정말 '개똥처럼 보여도' 나중에 꼭 필요한 시점에 이 직업이 없다면 적잖이 불편할 것이다. 그래서 아무도 궁금해하지 않을 거라는 걸 알면서도, 혹시라도 하는 마음으로 오늘 잠시 남는 시간을 이렇게 써 보려고 한다. 이게 의미가 있을지는 미지수지만.

외과의사가 되려면 일단 이 '의사'라는 일을 좋아해야 한다. 그리고 남들에게는 설명하기 쉽지 않은 힘든 상황을 견뎌 낼 만한 각오도 필요하다. 사실 체력은 그다지 중요하지 않은 것 같다. 우리는 '견뎌 낸다'는 말을 자주 사용하는데, 의사가 되기 위해서는 딱 이런 뜻이 중요하다.

더 중요하게는 그 일을 하는 자신이 '옳은 길을 가고 있다'고 생각할 만큼 '세뇌되어 있어야' 한다는 점이다. 자신이 견딘 그 힘든 시간을 통해 한 사람을 살릴 수 있다는 것을 가치로 여길 수 있어야 한다. 그러면 일단 외과의사가 될 기본은 갖춘 셈이다.

그 다음 단계는, 수술이 재미있어야 한다. 의사라는 일을 좋아하게 되었다 할지라도, 다른 사람의 유혈이 낭자한 모습에 구역질을 일으키거나, 심하면 기절을 하는 사람도 있다. 이런 장면에 거부감이 없어야 한다.

또 힘든 보조 의사(전공의)의 시기가 지나고 자신이 직접 수술을 할 때에도 그 일에 대한 재미를 느낄 수 있어야 한다. 외과를 선택한 사람들 중 상당수가 힘들어 하는 이유 중 하나가 자신이 하는 수술에 재미보다는 먼저 '버거움'을 느끼기 때문이다. 만약 그렇다면 그것은 정말 불행한 일이다. 이런 경우에는 외과에 몸담은 시간과 세월이 얼마가 되었든 그쯤에서 그만두기를 권한다. 굳이 '콩코드 오류'를 들먹이지 않더라도, 그 혹은 그녀의 앞길은 불행한 지옥과도 같을 것이 뻔하기 때문에 그 길을 계속 가라고 하기는 어렵다.

만약 어려운 수술을 잘 해내고, 그로 인한 즐거움을 알게 된다면, 그 사람은 비로소 외과의사가 된 것이다. 하지만 거기서 멈추면 또 다른 위기가 찾아온다. 한창 자신이 수술을 잘한다고 느낄 때가 가장 위험한 시기라고 나는 배웠다. 예전에는 그게 무슨 말인지 도통 이해하지 못했고, 또 잘 몰랐지만 지금에야 비로소 뜻하는 바가 무엇인지 알게 되었다.

한창 실력이 좋을 때, 보통은 이 시기가 50대 초반부터 시작되는데, 이때에는 대부분의 외과의사가 '무서운 것이 별로 없다'고 느낀다. 내가 기억하는 어떤 선배 의사는 진심으로 고민하며 내게 이런 이야기를 했었다.

"나는 내가 병에 걸리면 누구에게 수술을 받아야 할지 정말 고민이야. 아무리 봐도 나만큼 수술을 잘하는 사람이 없어서 말이야."

흠, 할말은 참으로 많았지만 차마 입 밖에 내지는 못하고, 그 앞에서 나는 고개를 끄덕여 주며 지지를 보냈다. 그가 그렇게 한심해 보였음에도 말이다.

솔직히 말하면 나 역시 그런 시기를 거쳤고, 그 자만에서 벗어나지 못했다면 결국 그저 그런 외과의사가 되고 말았을 것이다. 어쩌면 외과를 계속 하고 있지 않았을지도 모른다. (그런 썩어빠진 정신 상태라면 충분히 가능성이 있다.)

내가 언젠가 어느 인터뷰에서 "어떤 수술도 어렵지 않은 것은 단 한 건도 없었다"라고 말한 기억이 있다. 그 말은 진심이었다. 아무리 간단한 수술이라도 신경 쓰이지 않는 것이 없고, 언제나 다양한 변수가 존재하며 조금이라도 방심하는 순간 아주 위험한 장면을 만나게 된다.

그래서 우리 스승님들은, "진퇴를 가릴 줄 알아야 비로소 Great Surgeon이 된다"고 하셨다. 그리고 나는 내 후배들에게 이런 말을 자주 한다. "수술이라는 것은 수없이 많은 난관과 역경으로 이루어진 일련의 과정이다."

진실로 그러하다. 이 직업을 가진 우리에게 매일 찾아오는 역경이 바로 우리가 늘 하는 '수술'이다. 이렇듯 수술은 언제나 무섭고 어려운 일이다. 사실 이렇게 무서운 현실을 깨닫는 데까지 나는 좀 지진하고 더딘 편이어서인지 30년도 넘게 걸렸다. 하지만 그걸 깨닫는 순간, 나는 오히려 한 단계 더 발전했다는 느낌을 가졌다.

결국 그런 이유로, 진정한 외과의사가 되기 위해서 반드시 겪어야 하는 가장 중요한 마지막 단계는, '수술이 무섭다는 것을 깨닫는 것'이다.

그런 깨달음을 통해서 비로소 외과의사가 완성된다고 나는 믿는다.

Epilogue

처음에는 이글을 어떤 식으로 끝을 맺어야 할지 잘 알지 못했다.

하지만 이왕 책 제목을 《외과의사 리턴즈》라고 지었다면, 다시 돌아올 미래의 외과의사들에게 전하는 말로 마무리해야겠다는 생각이 들었다.

그리하여, 처음과 마찬가지로 부탁을 하자면,

그대 젊은 외과의사들이여!

그대들의 뜨거운 마음과, 최선을 다하는 진실된 의지, 그리고 미래를 바라보는 드높은 의기로 다시 돌아오라!

그리하여 그대들의 손으로 미래를 다시 일으켜라!

과거의 세월과, 무수히 많은 실패, 그것을 극복하며 쌓아온 우리의 역사와 헌신이 바로 그대들의 바탕이 되어 줄 것이다.

그대들은 마지막 희망이다.